충분히 아름다운 너에게

SEOUL, 2012

충분히 아름다운 너에게

초판 제1쇄 발행일 2012년 5월 20일
초판 제2쇄 발행일 2015년 1월 15일
지은이 쉰네 순 뢰에스 옮긴이 손화수
발행인 이원주 발행처 (주)시공사
주소 서울시 서초구 사임당로 82
전화 영업 2046-2800 편집 2046-2821~4
인터넷 홈페이지 www.sigongsa.com

This translation has been published with the financial support of NORLA.

ISBN 978-89-527-6521-5 43890
ISBN 978-89-527-5572-8 (세트)

*홈페이지 회원으로 가입하시면 다양한 혜택이 주어집니다.
*잘못 만들어진 책은 구입하신 서점에서 바꾸어 드립니다.

♣ 사랑의 열매와 함께 저소득층 어린이들의 교육 자립을 후원합니다.

충분히 아름다운 너에게

쉰네 순 뢰에스 지음 손화수 옮김

시공사

제니에게 요한네가

Jeg likte å ha lange øredobber med steiner i.
sere som var for store. Trange bukser. Og litt

øredobber. Jeg liker best å gå i myke strikkekjoler
oggesko som er veldig rene og stive og kjedelige.
n som jeg var for ett år siden. Jeg savner det å være
d.

Johanne.

편지 2

보내 준 편지, 고맙게 잘 받았어.

너의 편지를 읽는 동안 기쁨과 슬픔이 동시에 밀려들더구나. 네가 사는 이야기를 들을 수 있어서 기뻤고, 네가 죽고 싶다고 해서 슬펐어.

너도 알다시피 난 많이 아파.

아파서 슬프다기보다는 화날 때가 더 많아. 내 병을 고치지 못하는 의사들에게 화가 나고, 나를 이해하지 못하는 친구들에게 화가 난단다. 뿐만 아니라 건강한 몸을 가졌으면서도 갖가지 사소한 일에 불평불만을 쏟아 내는 사람들에게 화가 나. 사실 난 화내고 싶지 않아. 하지만 가끔은 나도 어쩔 수 없을 때가 많단다.

여자나 남자나 아이를 갖게 되면 세상을 다른 눈으로 보게 되지. 갑자기 삶에 애정을 느끼게 된다고나 할까? 이전에는 죽음 같은 건 한 번도 생각해 본 적이 없단다. 하지만 지금은 달라. 요즘은 매일같이 죽음을 생각해.

그렇다고 해서 달라지는 건 없어. 죽음이 어떤 건지도 여전히 알 수가 없지.

삶과 죽음에 대한 네 생각을 듣고 싶구나.

그건 그렇고, 네가 스스로 목숨을 끊기 전에 나에게 딱 한 가지만 약속해 줄 수 있겠니? 내가 죽기 전까지는 자살하지 않겠다고 말이야. 약속할 수 있지?

계속 연락하고 지내면 좋겠어.

편지 4

내가 어떻게 사는지 알고 싶다고 했지? 그래, 솔직하게 대답할게. 쉽지는 않겠지만 말이야. 내 삶은 이미 신문을 통해 꽤 알려졌지만, 내 방식대로 설명하다 보면 신문 기사와는 조금 다르게 들릴지도 몰라.

난 너와 같은 열일곱 살이야.

아버지와 딸 요니네와 함께 시 외곽에서 살아. 붉은색 페인트로 단장한 집은 꽤 넓은 정원으로 둘러싸여 있지. 정원에는 사과나무가 네 그루 있고, 살구나무와 배나무도 한 그루씩 있어.

여름이면 정원에서 채소도 키워. 토마토와 오이, 완두콩, 식용 장군풀, 당근, 무, 상추 등을 키우지.

난 태어나면서부터 죽 이 집에서 살았어. 내가 어렸을 때는 할머니도 함께 살았지. 할머니는 2층에서, 아버지와 나는 1층에서 살았어. 할머니는 몇 년 전에 돌아가셨어. 임종을 지켜보며 얼마나 슬펐는지 몰라. 하지만 할머니는 오랫

동안 병을 앓았기 때문에 죽음이 그리 갑작스럽게 느껴지지는 않았어. 불행 중 다행이랄까.

요니네는 두 살이야. 짧은 금발 머리에 눈동자는 푸른색이지. 요니네는 나를 닮지 않았어. 한번 울기 시작하면 오만상을 짓는데, 그럴 때면 영락없이 아버지를 닮았단다. 어머니는 내가 한 살 때 교통사고로 돌아가셨어. 그림을 그리는 화가였지.

나도 그림 그리기를 아주 좋아해. 하지만 그다지 재능이 있는 것 같진 않아.

난 내 그림을 아버지 말고는 아무에게도 보여 주지 않았어. 아버지는 내 그림을 볼 때마다 우주를 생각하게 된대.

내 우상은 '프리다 칼로'야.

너도 프리다 칼로 이야기 들어 본 적 있지?

그녀는 생전에 멕시코에서 살았어. 그녀처럼 삶을 사랑하고 또 증오한 사람은 없을 거야. 프리다 칼로는 어렸을 때 아주 큰 사고를 당했지. 때문에 평생을 고통 속에서 살았단다. 술독에 빠져 헤매기도 하고, 진통제로 목숨을 겨우 이어가기도 했지. 하지만 단 한순간도 삶을 포기한 적이 없단다. 심지어 윗몸에 석고 붕대를 감고서 침대에 누워 그림을 그리기도 했어.

그래, 그녀는 쉬지 않고 그림을 그렸단다. 작품이 그리 크지는 않아. 하지만 매우 인상적이지. 난 프리다 칼로의 자화상을 제일 좋아해. 그녀는 아주 미인이었어. 하지만 그림을 그릴 때면 항상 자기 모습을 실물보다 훨씬 추하게 그렸단다. 콧수염을 그려 넣기도 하고, 머리에 꽃단장을 하고 어깨에는 원숭이가 올라앉은 모습을 그리기도 했지.

그런데 넌 왜 죽고 싶다는 거니?

솔직히 말해서 너를 이해할 수가 없어.

정신 병원 말고 다른 데서 도움을 얻을 수는 없니?

나 같으면 도움받을 수 있는 다른 방법을 찾아보겠어. 예를 들면 명상원 같은 곳 말이야. 난 매일 명상을 해. 지난 몇 년간 난 아버지와 함께 요니네가 일어나기 전 아침마다 가부좌를 하고 두 눈을 감은 채 명상을 해 왔어.

우리는 쥐 죽은 듯 앉아서 잡생각을 떨치기 위해 노력하지. 그리고 호흡에만 정신을 집중해.

명상은 여러모로 도움이 돼.

명상을 하다 보면 무아의 경지에 빠져들게 되지.

병에 걸린 후로 난 명상에 중독돼 버렸어. 하루라도 명상을 하지 않으면 왠지 불안하고 숨 쉴 수 없을 것만 같단다. 많은 사람들의 인식과는 달리 명상은 종교와 아무 상관이 없어. 난 무신론자란다. 아버지도 마찬가지야. 비록 병에 걸려 아픈 신세지만 앞으로도 종교에 매달리진 않을 거야. 왠지 물에 빠진 사람이 실오라기에 생명을 의지하는 듯한 느낌이 들지 않니? 난 그렇게 절망적으로 보이기는 싫단다.

난 누구에게도 기대지 않고 혼자 힘으로 잘 살고 싶어. 우는 모습을 보이고 싶지도 않아. 이불 속에 숨어서 양손을 맞잡고 건강을 되돌려 달라고 기도하고 싶지도 않아. 그건 왠지 진정한 내 모습이 아닌 것 같아.

난 네가 도움을 받아 좀 더 나은 삶을 살았으면 좋겠어.

그래, 잘될 거야.

모든 건 너에게 달려 있잖아. 이겨 내렴.

그리고 너 자신을 절대 놓치지 마.

이렇게 말은 하지만, 사실 난 우울증에 대해서 아는 게 없어. 우울해 본 적도 없단다.

우울증에 걸리면 어떤 느낌인지 나에게 설명해 줄래? 혹 하루 종일 슬퍼서 어쩔 줄 몰라 하며 지내는 건 아니니?

그렇다면 너의 느낌을 하나하나 종이 위에 적어 보는 건 어때?

나를 세 단어로 표현해 보라고? 자기만족, 호기심, 웃음. 또는 병자, 이상함, 허영심 정도가 될 것 같아.

편지 6

난 죽음에 대해 너와 다른 생각을 가지고 있어. 죽음은 삶으로부터의 해방이라든가 유쾌함과는 거리가 멀어.

나에게 있어서 죽음은 아주 진절머리가 날 정도로 불쾌하고 혐오스럽고 두려운 존재야.

난 정말 죽고 싶지 않아.

가장 큰 이유는 내 딸이야. 그 애한테는 내가 필요해.

굳이 딸을 이유로 들지 않더라도 난 죽고 싶지 않아. 정말 살고 싶단 말이야.

아버지는 죽음을 증오해.

당신의 가장 큰 원수가 바로 죽음이라고 자주 말하지. 소아 성애증 환자도 싫어해. 거리에 쓰레기를 마구 버리는 사람들과 고작 가진 돈이 많다는 사실 하나로 잘난 척하는 사람들도 좋아하지 않아.

그래, 아버지는 무언가를 싫어하는 데 소질이 있는 분이야. 싫어할 만한 것을 찾아내서 괜히 화를 내곤 하지.

아버지는 자주 이렇게 말해.

"세상이 거지 같아서 뭘 하면 좋을지 종잡을 수가 없어!"

"이 세상은 죽음으로 가득 차 있어. 페스트, 에이즈, 돈, 온갖 부정부패의 찌꺼기밖에 보이지 않을 정도로 말이야."

아버지는 원래 목수였단다. 하지만 지금은 장애자 연금으로 생활해. 아버지는 내가 열 살 때 일하다가 사다리에서 떨어진 적이 있어. 등에 큰 상처를 입었지. 걷는 데는 지장이 없지만 자주 통증을 호소해.

아버지는 작가가 되기를 원했단다.

사고를 당한 다음 해부터 소설을 쓰기 시작했지.

두 팔을 잃고 발가락으로 나무 인형을 만드는 한 사나이에 대한 이야기야.

아버지는 원고를 완성한 뒤 여러 출판사에 보냈지만, 출간 의지를 보인 곳은 단 한 군데도 없었단다.

왜 출간을 사양하는지 그럴듯한 이유도 듣지 못했어. 원고를 출간할 의사가 없으며, 행운을 빌겠다는 짤막한 편지 한 장이 전부였지.

하지만 아버지는 포기하지 않았어. 낙담하지도 않았단다. 그저 몇 번 고개를 끄덕인 후에 괜찮다고 중얼거린 게 다였어. 아버지는 하루도 빠짐없이 몇 시간이고 책상에 앉아 글을 써. 커피를 마시고 혼잣말을 중얼거리기도 하면서 자판을 두드리지.

아버지는 목표 의식이 아주 뚜렷한 사람이야. 친구는 그리 많지 않아. 정확히 말하자면 딱 한 사람밖에 없단다. 이름이 '크눗'이라는 분인데, 난 그분을 '황소 아저씨'라고 불러. 비록 외모는 황소보다는 토끼에 가깝지만 말이야.

황소 아저씨는 오슬로 국립 대학에서 일해. 매일 아침 일찍 오슬로로 출근해서 저녁 늦게 퇴근하지. 가족은 없어. 대신 회색 고양이 두 마리와 함께 노란 페인트를 칠한 헛간 비슷한 집에서 살고 있어. 맥주를 마시며 아버지와 함께 정치에 대해 토론하는 걸 좋아하지.

아버지와 크눗 씨는 외모로 따지자면 정반대란다(아버지는 키가 크고 홀쭉한데, 크눗 씨는 키가 몽땅한 데다가 다리가 활처럼 휘어 있어). 하지만 두 분은 서로에게 깊은 호감을 가지고 있지. 그래서 친구라고 부를 수 있는 거야. 두 분은 죽이 잘 맞고, 서로를 아주 잘 알아. 그래서 굳이 다른 사람들과 함께할 필요가 없다고 하지.

난 아버지를 참 좋아해. 아버지는 상당히 직설적인 사람이거든. 절대 한 입으로 두말하지도 않아. 고집도 있지. 그어떤 출판사도 아버지의 원고에 관심을 보이지 않지만 꾸준히 글을 써.

아버지는 실패를 부끄러워하지도, 숨기지도 않아. 오히려 실패를 자랑스럽게 여기고 앞날의 반석으로 삼으려 하지.

어머니는 좀 달랐다고 들었어. 아버지 말에 따르면, 어머니는 외모가 뛰어나고 예술적 감각을 지녔었대. 외향적인 성품에 사교적이면서도 매우 겸손한 사람이었단다. 친구들도 많았고, 얼굴에는 미소가 떠날 날이 없었지. 그리고 구세군을 경제적으로 지원하는 데 아주 열심이었다고 들었어.

어머니는 스물두 살에 나를 낳았대. 예술학을 전공한 직후였다고 들었어. '끝없는 나날들'이라는 제목으로 전시회를 준비하던 중이었지. "네 어머니는 상당히 특별한 사람이었지."라고 언젠가 아버지가 말했던 게 기억나. 난 아버지가 무슨 뜻으로 그런 말을 했는지 잘 모르겠어. 아마 어머니가 그리워서 그랬을 거야.

어머니가 그린 그림들은 모두 다락방에 있어. 아버지는 어머니가 그린 그림을 벽에 걸어 놓지 않으려 해.

그림을 보고 싶은 마음이 없대.

하지만 어머니의 그림을 다른 사람에게 주거나 팔고 싶지도 않다고 했어.

아버지는 그림들을 잘 포장해서 다락방에 보관해. 필요할 때면 꺼내 볼 수 있는 보물처럼 말이야.

만약 내가 어른이 된다면 아버지처럼 고집이 세고 조금은 괴짜 같은 사람이 될 것 같아. 자기만의 방식으로 살기를 고집하는 그런 사람 말이지.

네 어머니는 상당히 피곤한 사람 같구나. 하지만 솔직히 난 네가 부러워. 왜냐하면 너에게는 적어도 어머니가 있잖아. 비록 네 말대로 그분이 이기적이고 조금 천박하다 할지라도 말이야.

내가 세상을 떠나면 요니네는 혼자 커야 할 거야.

나는 사라져 버리겠지.

내가 어렸을 때 어머니가 나를 두고 세상을 떠난 것처럼.

사랑하는 사람을 그런 식으로 잃는다는 게 어떤 건지 나는 잘 알아. 그래서 요니네가 나와 같은 경험을 하게 될 거라 생각하면 가슴이 아파. 요니네가 어떻게 그 상황을 받아들일지 짐작하기도 쉽지 않고.

오늘은 이만 써야 할 것 같구나. 긴 편지가 되었어. 미안해. 어쩌면 미안하다고 말하지 않아도 될 것 같지만.

(사실, 난 미안해하지 않기를 연습하는 중이야. 왜냐고? 쓸데없이 미안해하는 건 아주 불필요한 일이잖아.)

난 너를 믿어. 힘내!

편지 8

낮에도 많이 추워. 요니네는 하루에도 몇 번씩 밖에 나가서 눈싸움하자고 졸라 대지만, 난 그럴 기운이 없어. 요니네는 항상 기분이 좋은가 봐. 얼굴에서 미소가 떠나지 않거든. 그 작고 통통한 손으로 자주 손뼉을 치며 깔깔 웃기도 해.

난 여름을 꿈꾸고 있어. 따스한 햇살을 받으며 해변가에 누워 있는 꿈을 꾸지. 난 꿈속에서 갈매기 소리와 파도 소리를 들으며 푸른 하늘을 올려다본단다. 그러면 따스한 기운이 온몸에 퍼지는 것 같아.

어쩌면 내년 여름까지 살 수 없을지도 몰라.

요즘 이런저런 생각을 많이 해. 지금 이 순간 내가 경험하는 사소한 모든 일들이 마지막이 될지도 모른다는 느낌이 자주 들어.

넌 1년 중 어떤 계절을 가장 좋아하니?

아버지는 봄을 가장 좋아해. 눈이 녹고 나뭇가지에 푸른 잎이 돋아나는 걸 보면 기분이 좋아진대. 그럴 때면 정원을 정리하지. 씨를 뿌리고 여름을 기다려. 아버지는 겉으로 보기에는 힘도 없고, 피부에도 주름이 가득하지만, 마음만은 청춘이란다. 홀로 있는 걸 좋아하지만, 결코 우울함에 젖어 사는 분은 아니야. 조용한 분위기에서 무언가 스스로 창조해 내는 걸 즐기는 분이지. 아버지만의 것, 사라지지 않는 것 말이야. 난 아버지가 의지력이 강한 사람이라고 생각해.

아니야, 난 죽는 게 두렵지는 않아. 내가 정말 두려워하는 건 내 영혼이 몸을 벗어나서 공기 중에 바람처럼 떠다니는 거야.

난 생각하고 느낄 수 없다는 게 두려워. 물리적인 삶을 살지 못하는 것도 두려워. 흙 속에 파묻혀 한기에 떨며 지내는 것도 두렵단다.

요니네가 나를 그리워할 거라는 생각도 나를 두렵게 해.

힘을 잃는 것도 두려워.

유령이 될지도 모른다는 생각도 나를 두렵게 만들지.

네가 두려워하는 건 뭐니?

편지 10

화요일 오전이야. 요니네는 내 곁, 침대 난간에 앉아서 작은 빨간색 장난감 차를 가지고 놀고 있어. 바퀴를 돌리며 혀 짧은 소리로 "차, 예쁜 차."라고 중얼거리면서.

요니네는 금발이란다.

양 볼은 발그스름하게 항상 생기를 머금고 있지.

장난감 차를 바닥에 던지고는 함박웃음을 터뜨려. 두 눈을 실처럼 가늘게 뜨고 웃음의 파도에 휩쓸린 듯 온몸을 마구 흔들고 있단다.

지금부터 1년이라는 시간이 지나면 난 이 아이 곁을 떠나게 될 거야.

관에 누워 흙 속에 파묻히겠지. 얼굴도 알아볼 수 없을 정도로 변하고 말 거야.

피부와 두 눈, 입과 코…….

모든 것이 사라지겠지.

요니네도 달라질 게 분명해.

피부와 두 눈, 입과 코…….

아이는 하루가 다르게 자랄 테고, 결국 나는 아이의 기억 속에서도 사라져 버리겠지.

오늘은 병원에 가는 날이야.

지난 며칠 동안 상태가 악화되었단다.

아버지는 기분이 언짢은가 봐.

나도 마찬가지야.

슬퍼.

외롭기도 해.

자포자기하는 마음과 울분, 짜증이 번갈아 나를 괴롭히고 있어. 기운이 없어. 바보가 된 것 같기도 해.

고함치고 싶지만, 난 그럴 수가 없어. 요니네가 내 곁에 앉아 있기 때문이지.

요니네는 기분이 좋은가 봐. 그래서 나도 기분이 좋은 것처럼 거짓 행세를 하지.

아이에게 미소를 짓기도 해.

그러면 요니네는 나에게 웃음으로 답한단다.

요니네는 참 작아. 죽는다는 게 뭔지도 몰라.

그래, 두 살배기 아이가 죽음에 대해 뭘 알겠니? 삶도 모르는데. 아이들은 그냥 살고 있을 뿐이야. 숨 쉬고, 미소 짓고, 웃음을 터뜨리고, 손뼉을 치면서 말이야. 두려워하는 것도 없어. 그저 여기저기 폴짝폴짝 뛰어다니며 세상과 자기 자신에 대해 조금씩 알아 나가지. 장난감 자동차의 바퀴처럼 쉴 새 없이 돌고 도는 게 바로 아이들인 것 같아. 요니네를 보면 내가 어른이라는 것을 느끼게 돼. 강하고 현명하고 상냥하지만, 가끔은 인색하고 불친절하기도 하지.

엄마로 산다는 건 의미 있는 일이지만, 굉장히 피곤한 일이기도 해. 하지만 난 엄마로 사는 게 좋아. 아이를 목욕시키고 기저귀를 갈아 준 후에, 그 몰랑몰랑한 엉덩이에 로션을 발라 주고, 함께 산책하며 대화를 나누고 장난을 치는 이 모든 것들이 좋아.

요니네가 자라면 어떤 아이가 될지 궁금해.

항상 기분 좋고 외향적인 아이가 될 수도 있고, 내향적이고 수줍음이 많은 아이가 될 수도 있을 거야.

커다란 분홍색 뿔테 안경을 끼고, 치아 교정을 하게 될지도 모르지.

어쩌면 짧은 머리에 청바지를 입고, 때가 잔뜩 낀 운동화를 신은 말괄량이 소녀가 될지도 몰라. 긴 머리를 염색하고, 두꺼운 마스카라로 눈썹을 치장하고서는 몸에 꽉 끼는 옷을 즐겨 입는 그런 소녀가 될지도 모르겠어. 요니네가 어른이 되면 어떤 직업을 가질지도 궁금해. 환경 운동가, 정치가, 미용사, 비서, 의사, 경찰…….

어쩌면 청소부가 될지도 몰라. 무직자가 될지도 모르고 말이야. 행복하게 살지 불행하게 살지 짐작하기도 쉽지가 않아.

잘 모르겠어.

난 요니네가 커서 어떤 사람이 될지, 무슨 일을 하며 지낼지 영원히 알 수 없을 거야.

하지만 난 요니네가 가끔 나를 생각해 주길 바라. 요니네의 생각 속에 조금이라도 내가 자리할 수 있다면 더 바랄 게 없겠어. 내가 누구인지, 또 어떤 사람으로 살았는지 말이야.

낮에 가끔 요니네에게 편지를 쓸 때가 있어. 대부분은 쓰자마자 찢어 버리지.

긴 편지는 아니야. 오히려 짧고 이상한 편지라서 아이를 당황하게 만들 수도 있겠다 싶어. 그래서 찢는 거야.

예를 들면 다음과 같은 편지야.

사랑하는 내 작은 천사에게

나는 지금 너에게 편지를 쓰고 있단다. 이 편지를 쓰고 있는 지금 이 순간, 나는 죽지 않고 살아 있어. 하지만 네가 이 편지를 읽을 즈음이면 난 이미 죽었을 거야. 밖에 비가 내리는구나. 슬픔을 가득 담은 굵직한 빗방울이 창틀을 타고 흘러내려. 난 열일곱 살이란다. 정확히 말하자면 열일곱 살 하고도 두 달 반이야. 적당히 긴 갈색 머리에 눈동자도 갈색이란다. 미소를 머금으면 왼쪽 뺨에 보조개가 생겨. 내가 가장 좋아하는 음식은 태국 음식과 인도 음식이란다. 케이크도 좋아해. 그중에서도 크림과 마르지판(아몬드 가루, 설탕, 달걀 흰자로 만든 페이스트 : 옮긴이)에 딸기 잼이 가득한 케이크를 가장 좋아한단다. 내게는 살날이 얼마 남지 않았어. 죽고 나면 아마 케이크를 그리워하게 될지도 몰라. 물론 케이크보다는 너를 더 그리워하겠지.

너도 나를 그리워할까?

어쩌면 내 생각은 전혀 하지 않을지도 모르겠구나. 요니네, 너는 행복한 소녀야. 네 행복은 도대체 어디서 오는 것일까?

난 지금도 너를 보면서 궁금해하고 있어.

이젠 눈을 좀 붙여야겠구나.

네 엄마는 아주 피곤하단다. 하지만 겁낼 일은 아니야.

그래, 두려워할 일은 아무것도 없단다.

하늘나라에서 엄마가.

요니네에게 완벽한 편지를 쓴다는 것, 그리고 모든 일을 편지로 설명한다는 것은 불가능해.

가끔 난 글로 표현하기에는 너무나 큰 생각들을 하지. 뜬구름 같은 생각들 말이야. 그러다 갑자기 내가 가장 좋아하는 음식이나 뭐 그런 구체적이고 피상적인 걸 생각하게 된단다. 처음에 의도했던 것과는 너무도 다른 방향으로 생각이 흘러가 버려.

또 다른 예를 들어 볼게.

사랑하는 요니네에게

너에게 사랑을 어떻게 설명해 주면 좋을까?

난 그다지 현명한 사람은 아니란다.

시간은 쏜살같이 내게서 달아나는구나.

너는 자라고, 나는 점점 줄어들고…….

할 말이 없구나.

요니네, 난 항상 너를 사랑하고 그리워하며 지낼 거야. 비록 이 세상에 살지 않더라도 말이야.

죽은 사람들도 사랑하며 지낼 수 있다고 생각해. 왜냐하면 영원한 죽음이란 건 없으니까. 죽음은 그저 단어에 불과해. 그리고 그 단어는 설명할 수 없는 것을 설명하는 하나의 방편일 뿐이지. 그래, 난 확신해. 무엇 때문에 확신하게 되었는지는 모르겠지만, 어쨌든 난 영원히 사라지지는 않을 거야. 비록 네가 나를 두 눈으로 볼 수 없다 할지라도 난 항상 너와 함께 여기 있을 거야. 그러길 바라.

항상 행복하길 바란다.

엄마가.

난 항상 삶을 사랑하며 지냈어. 적어도 내 생각은 그래. 사람과 색과 소리, 목소리와 음악 들.

그리고 책.

물론 나 자신도 사랑해.

난 거리의 쇼윈도에 내 모습을 비추어 보는 걸 좋아한단다. 내 외모가 예쁘고 자랑스럽기 때문이 아니라, 내가 행복한 사람이라는 걸 그런 식으로 비추어 보고 확인하는 것도 의미 있는 일이기 때문이지.

내가 행복한 이유는 아직 내가 젊고 긍정적이며, 삶에 대해 조금씩 알아 나가는 과정에 있기 때문이야. 내 주변에는 항상 친구들이 많았어. 세상을 다 가진 것 같은 느낌을 자주 가졌었지. 나에게 있어서 삶은 항상 편안하고 유머로 가득 차 있는 그런 것이었지.

하지만 병에 시달리기 시작하면서부터 나 자신을 사랑하기가 그리 쉽지 않았어. 하루하루를 기쁘고 행복하게 맞이하고, 긍정적으로 살아가는 게 쉽지 않아.

무언가의 포로가 된 듯한 느낌도 들고, 곧잘 슬퍼지기도 해. 절망감도 느끼지. 남들처럼 오래오래 살 수 없다는 사실을 인정하기가 힘들어. 인정하고 싶지도 않지만, 다른 방법이 없어. 그저 받아들이는 수밖에…….

너는 삶을 사랑해 본 적이 있니?

네 주변에 존재하는 것들에 감사하는 마음을 가져 본 적이 있는지도 궁금해.

편지 12

난 푸른 꽃, 붉은 돌멩이, 그리고 반짝이는 별이 되고 싶어. 행복한 눈송이와 살찐 지렁이가 되고 싶기도 해. 내가 죽으면, 그 누구도 나에게 왜 사느냐고 질문을 던지지 않을 만큼 확실한 생명으로 다시 태어나고 싶어. 눈에 띄지 않는 작은 존재라 하더라도 말이야.

하지만 난 지금 여전히 인간으로 살고 있어. 두 다리와 두 팔, 그리고 꼬르륵 소리를 내는 배. 내가 청소부로 일하고 있다는 말을 했는지 모르겠구나. 난 양로원에서 일주일에 두 번, 주말마다 청소를 해. 솔직히 말하면 이건 상당히 재미있는 직업이야. 아니, 재미있다기보다는 괜찮은 직업이라고 하는 게 좋을 것 같구나. 난 청소하는 걸 좋아하거든. 좋아하는 일을 하면서 돈까지 벌 수 있으니 괜찮은 일이지. 몸을 움직이며 어떤 일을 한다는 건 나에게 꽤 긍정적으로 작용하는 것 같아. 이런저런 쓸데없는 생각에 빠져 시간을 허비하지 않아도 되니까 말이야.

내 친구들은 모두 의사나 심리학자, 엔지니어나 변호사가 되기를 원해.

하지만 나에게 청소부 외에 다른 직업을 가질 수 있는 기회는 오지 않을 것 같아. 사람들이 장래 희망이 뭐냐고 물을 때마다 난 이렇게 대답해(사람들은 내가 곧 세상을 떠날 거라는 사실을 자주 잊어. 나에게 장래라는 건 있을 수 없다는 걸 모르나 봐).

"청소부".

난 이 단어를 좋아해.

깔끔하고, 순수하고, 어딘지 모르게 구식인 듯한 이 단어에는 야망과 욕심 같은 건 전혀 깃들어 있지 않아. 매력적이지 않니?

청소는 아주 중요해. 없어서는 안 될 직업이기도 하지. 만약 내가 이 일을 하지 않으면 다른 사람이 해야만 하는 일이잖아. 양로원에 살고 있는 나이 많고 병든 사람들은 직접 청소를 못하기 때문에 자칫 불결한 환경에서 살기 쉬워. 그런 일은 절대 있어서는 안 된다고 생각해.

난 아직 이 세상을 떠날 준비가 안 되어 있어.

너에게 한 가지 질문을 해도 되겠니? 어떻게 그리 쉽게 세상을 떠날 마음을 먹게 되었는지 궁금해.

얼마나 많은 예술가들과 작가들이 스스로 목숨을 끊었는지 아니?

아마 수천 명은 될 거야.

어떤 면에서 보면 그건 상당히 근사하게 느껴지기도 해. 그렇지 않니? 죽는다는 것 말이야.

어떤 특별한 이미지가 떠오르는 것 같잖아.

하지만 스스로 목숨을 끊은 사람들의 사연을 들으면 왜 그래야만 했을까, 삶에서 더 중요한 것을 찾지 못했던 건 아닐까 싶기도 해.

그래, 이건 참으로 오만한 생각이라는 거, 나도 인정해.

만약 네가 실비아 플라스(1932~1963, 미국의 시인이자 소설가. 우울증에 시달리다 자살로 생을 마감했다 : 옮긴이)를 뒤따르겠다고 이미 결심했다면 누가 그것을 막을 수 있겠니?

(언젠가 실비아 플라스에 대한 영화를 본 적이 있어. 영화를 보면서도 난 그녀가 왜 죽고 싶어 했는지 끝까지 이해할 수 없었단다.)

네 편지를 읽으며 난 일종의 딜레마를 느껴. 그건 네 말을 신뢰하기 때문이란다.

네가 정말 죽고 싶어 한다는 걸 믿어.

그저 장난으로 하는 말이 아니라는 걸 느낄 수 있어.

어쩌면 그렇기 때문에 네 말을 일부러 가볍게 받아들이려고 안간힘을 쓰고 있는지도 몰라. 죽음을 갈망하는 네 마음을 제대로 이해하지도 못하면서 네 말에 올바르게 반응하는 건 결코 쉽지 않거든. 난 너를 진정으로 돕고 싶어. 하지만 네가 그토록 굳게 결심하고 있다면 내가 아무리 애를 쓴다 해도 너를 살게 할 수는 없겠지.

어쩌면 너 자신도 너를 우울증에서 구해 낼 수 없을지 몰라. 어쨌든 난 네가 내 마음을 알아주기를 바랄 뿐이야.

넌 혼자가 아니란다.

세상에 태어난 그 순간부터 혼자였던 적은 단 한순간도 없었다는 걸 항상 기억하렴.

편지 14

난 열다섯 살 때 요니네를 낳았어.

요니네의 아빠는 그때 열여덟 살이었지. '요나스'라고 해. 요니네가 태어난 후, 요나스는 자기 어머니가 살고 있는 스웨덴의 스톡홀름으로 가 버렸어.

난 아이 아빠와 자주 대화를 나누지는 않아.

그 사람은 아빠 역할에는 별 관심이 없어.

오직 팝 밴드 일에만 열중하지.

우리는 겨우 3주 동안 연인 사이로 지냈단다. 헤어지자고 한 건 나였어. 하지만 그때 이미 요니네가 내 배 속에서 자라고 있었단다.

그 사람이 그립지는 않아. 요니네도 마찬가지야. 태어난 지 3주째 되던 날 아빠라는 사람을 딱 한 번 본 게 전부니까 그럴 만도 하지.

내가 임신했을 때, 아버지는 "아기가 아기를 배었구나."라고 말했어.

하지만 난 말 그대로 아기는 아니었어.

그렇다고 성인이라고 할 수도 없는 어정쩡한 상태에 있었지.

청소년이라 하기에도 어딘지 모르게 이상한 느낌이야.

그래, 난 모든 사회적 범주에서 벗어나 있어(어릴 때부터 항상 그런 느낌이었단다).

아기가 갖고 싶어서 임신을 한 건 아니야. 갓난아기를 돌보고 기저귀를 가는 일은 생각지도 않았어. 유모차를 끌고 집 앞 거리를 산책하는 것도 당연히 나와는 동떨어진 먼 나라 이야기라고만 생각했지.

("여기 좀 봐요! 세상에서 가장 귀엽고 예쁜 이 아기 좀 보라고요! 눈동자는 하늘처럼 파랗고, 양 볼은 통통한 이 아기가 귀엽지 않나요?")

난 절대 그런 엄마가 되고 싶지 않았단다.

아이를 갖게 되면 당연히 마주하게 되는 크고 심각한 세상일들을 남들보다 더 빨리 경험하고 싶은 생각도 결코 없었어.

빵을 굽고, 팬케이크를 굽는 일.

생선 그라탱은 큰 냉동고에, 채소류는 작은 냉장실에 정리해서 넣고, 감자를 삶는 일.

내가 꿈꾸던 일은 그런 것과는 거리가 멀었어.

난 여행을 하고 싶었단다.

랑스 영화를 보거든. 머리를 긁적거리고, 터키 후추를 잘근잘근 씹으며 멍하니 텔레비전을 봐.

아버지는 그런 나를 이해하지 못해. 미리부터 삶을 포기할 이유는 없다는 게 아버지의 생각이지.

그래, 난 이미 삶을 포기했단다. 내가 원해서가 아니라, 그렇게 해야만 하기 때문이지.

난 지금 흰색과 푸른색이 섞인 줄무늬 스웨터를 입고 있단다. 검은 베레모를 쓰고, 목에는 빨간 스카프를 둘렀어.

꼭 끼는 청바지.

하얀 운동화.

침대 난간에 앉아 지루함을 즐기고 있어.

그리고 너에게 편지를 쓰지.

내가 아닌 다른 사람이 되고 싶어.

다시 태어나고 싶어.

청소부 일을 더는 하고 싶지 않아.

엄마로 살기도 싫어.

딸로 살기도 싫어.

누군가의 친구가 되기도 싫어.

내가 아닌 다른 사람이 되고 싶어.

영화 속의 프랑스 여인이 되어서 발가벗은 채로 누군가

와 진한 키스를 나누고 싶어. 핏기 없이 창백한 피부와 빼빼 마른 허벅지, 그리고 더부룩한 털로 가득한 겨드랑이를 드러내며 수수께끼 같은 미소를 짓고 싶어.

내 모습을 내가 원하는 대로 만들어 보고 싶어.

이건 병에 찌든 이상한 소녀의 아주 이상한 꿈이란다.

편지 22

소냐 고모가 어제 전화를 했단다. 그분은 아버지의 누나인데, 지금 베르겐의 한 초등학교에서 교사로 일하고 있어. 내 생각을 많이 하고 있다고, 도움이 필요하면 언제든지 말하라고 했어.

하지만 나를 위해 고모가 할 수 있는 일은 없어.

어느 누구도 나를 대신할 수는 없는 노릇이잖아.

고모는 가능한 한 빠른 시일 내에 우리 집에 오겠대. 하지만 난 싫다고 솔직하게 말해 버렸단다.

아마 고모는 내 말에 많이 실망했을 거야. 그렇지만 난 그렇게 말할 수밖에 없었어. 거짓말은 정말 하기 싫었거든.

사실 소냐 고모가 우리 집에 오면 난 더 힘들어질 거야. 내가 원하는 것과는 정반대의 일이지. 고모는 항상 다이어트를 해. 허리와 턱 밑에 필요 이상으로 살이 많다나 어쨌다나…….

소냐 고모가 원하는 건 오직 하나뿐이야. 그게 뭐냐고? 남자!

하지만 고모에게는 남편은커녕 애인도 없단다.

아이도 없어.

고모는 자기가 날씬해지기만 하면 하늘에서 남자들이 눈송이처럼 펑펑 쏟아질 거라고 믿는 것 같아.

내가 소냐 고모가 아니라는 사실이 행복해. 하지만 내가 만약 소냐 고모였다면 죽음을 맞이하는 게 지금보다 훨씬 쉬웠을지도 몰라.

입 밖에 내서는 안 될 말이지만, 솔직한 내 심정이기도 해.

자기 삶이나 자기 몸을 사랑할 수 없다면 사는 게 얼마나 힘들까?

소냐 고모는 가장 가까운 친척이야. 외할머니와 외할아버지는 내가 세상에 태어나기도 전에 돌아가셨단다. 그리고 어머니에게는 형제가 없었어. 가끔 친척과 가족은 참 이상한 존재라는 생각이 들어. 성격이 잘 맞지 않아도 한 테두리에 속해야만 하지. 너와 네 어머니처럼 말이야.

더는 편지를 쓸 기운이 없어. 뭘 좀 먹어야 할 것 같아. 빵 반쪽이라도 억지로 삼켜 볼까 싶어. 사실 난 먹는 걸 좋아한단다(미트볼, 브로콜리, 초콜릿 등등). 하지만 이렇게 병에 걸리고 나니 음식을 먹는 것도 귀찮기만 해.

편지 24

난 바닥에 앉아 있는 요니네를 보고 있어. 요니네는 하얀색과 갈색 장난감 말을 가지고 놀고 있단다.

한 손에 장난감 말을 쥐고 무언가를 종알거리면서 미소를 짓고 있어.

요니네는 자신만의 세상 속에서 사는 것 같아.

하얀 스타킹을 신은 통통하고 짤막한 다리, 흘린 빵가루가 묻어 있는 빨간 스웨터.

바닥으로 내려가 요니네와 함께 앉아서 아이를 뚫어지게 바라보고 있어.

얼마 안 가 아이는 내 얼굴을 기억하지도 못할 거야.

그저 외할아버지가 해 주는 이야기 속 엄마 모습만 기억하겠지.

난 아버지가 요니네에게 어떤 말을 할지 알 것 같아.

"네 엄마는 오이 피클을 매우 좋아했단다. 그리고 엄지발가락이 비뚤어져 있었지. 네 엄마는 창문을 열어 놓고 자는 것을 좋아했단다. 아주 정신없는 사람이기도 했지."

등등…….

요니네와 함께 보내는 저녁 시간은 다음과 같단다.

요니네는 이유식을 먹어.

'헬리콥터'라는 단어를 중얼거리는구나.

숨이 넘어갈 듯 깔깔대고 웃음을 터뜨렸다가

눈물을 흘리기도 해.

소파 뒤에 몸을 숨겼다가

내 휴대 전화를 몰래 훔쳐 가기도 하지.

내가 달라고 해도 고집스럽게 감추고 있단다.

목욕을 하고는 바닥에 물을 뿌리기도 해.

눈을 크게 뜨고 입을 벌린 채 텔레비전의 어린이 방송을 뚫어지게 본단다.

장난치듯 나를 툭툭 치기도 했다가 내 팔을 잡아당기기도 해.

내 머리를 빗어 주기도 한단다.

바닥에 넘어졌다가 다시 일어나.

음정, 박자라고는 찾아볼 수 없는 노래를 부르지.

잘 시간이 되었는데도 침대로 가지 않겠다고 앙탈을 부린단다.

춤을 춰.

두 팔을 벌리고 빙글빙글 돌기도 해.
요니네는 자유 그 자체야.

어린이로 지내는 건 이래.
엄마로 지내는 것도 이래.
이제 곧 모든 것이 사라져 버리겠지.
무언가 전혀 다른 모습으로 변하는 거야. 새롭게.
항상.

편지 26

내 꿈은 네 꿈과 달라.

내 꿈은 지루하고 재미없어.

난 백발 머리와 휠체어에 대한 꿈을 꿔.

주름살과 넙다리뼈에 부상을 입는 꿈을 꾸기도 해.

양로원에 앉아 있는 꿈도 자주 꾸지.

생의 맛을 볼 대로 본 후에 죽어도 그만, 살아도 그만이라는 생각을 하는 노인네로 변한 내 모습을 꿈속에서 보게 돼.

내 이야기가 지루하지?

그래, 난 꽤 지루한 사람이야. 죽음이 나를 지루한 사람으로 만들어.

편지를 더 쓸 수가 없구나. 어지러워.

편지 28

난 지금 딱딱한 의자에 앉아 너에게 편지를 쓰고 있어.

난 살아 있는 동시에 죽은 몸이나 마찬가지야.

살과 피를 가진 생명이 아닌 공기와 바람이 되기 위한 연습을 매일 하고 있어.

썩어서 사라지기보다는 그 자리에 고요히 멈추어서 기다리는 삶을 살기 위해 연습하는 중이지.

나는 시계를 보지 않아.

하늘도 올려다보지 않아. 행복과 불행을 생각지 않으려고 무진 애를 쓰지.

그런 것들은 이제 나에게 아무 의미도 없으니까.

햇살이 따스해. 거리에는 눈이 녹기 시작했어.

이런 날에는 자전거를 타고 바람을 쐬어야 하는데……, 내가 건강한 몸이라면 지금 당장 밖으로 뛰쳐나갔을 거야.

난 할머니가 타던 녹색 자전거를 가지고 있어. 녹이 잔뜩 슬고 낡았지만, 난 그 자전거를 볼 때마다 마음이 푸근해져.

풍선 같은 바퀴와 핸들 앞쪽에 달린 연분홍색 바구니가 익살스럽게 보이기도 하고.

자전거를 타고 나면 항상 다리가 뻐근해.

난 숲 속 오솔길에서 자주 자전거를 탔어. 자갈길 끝에 작은 통나무 별장이 한 채 보이는 아름다운 길이지.

그 별장에는 아무도 살지 않아. 난 그 별장의 대문 앞에 있는 녹색 벤치에 앉아 숨을 돌리곤 했단다. 그리고 주변 경관과 아래쪽에 흐르는 작은 시냇물을 바라보았지. 그곳으로 자전거를 타고 간 게 언제였는지 기억이 나질 않아. 꽤 오래된 것 같아.

그간 피곤하기도 했고, 게으르기도 했어.

새 자전거가 있었으면 좋겠어. 변속기와 날씬한 바퀴가 달린 그런 자전거 말이야.

나 바보 같지?

넌 자전거 타는 걸 좋아하니?

자전거를 타고 네가 사는 동네를 한 바퀴 돌아보렴. 그래, 꼭 그렇게 해 봐.

편지 30

죽음에 관한 책을 읽기 시작했어. 도서관에 가서 죽음에 관련된 책을 이것저것 가리지 않고 모두 빌려 왔단다. 죽기 직전과 죽고 나서 생기는 일에 대한 책, 죽는 순간에 대한 책은 물론이고, 사후 체험을 했던 사람들의 이야기가 실린 책도 빌렸어.

꽤 흥미롭기는 한데, 읽다 보면 심적으로 녹초가 되어 버린단다.

이름이 '앤드류'인 한 남자에 대한 책을 방금 읽었어. 그는 죽음을 영원한 행복감에 비할 수 있다고 말했어. 죽음은 온몸을 파도처럼 휩쓸고 가는데, 만약 그것을 즐길 수만 있다면 끝없는 우주로 높이높이 떠오르는 듯한 기분을 느낄 수 있을 거래.

그리고 마지막에는 신성하다고 할 만큼 신비한 클라이맥스를 체험하게 된다고 했어. 그건 당사자가 어떤 의식의 세계에 들어가는가 하는 개인적인 마음가짐에 따라 달라질 수 있대.

그건 집중력과 의지, 그리고 약간의 행운이 따라야 하는 일이라면서 말이야. 책에는 저자의 사진도 실려 있었어. 두꺼운 안경과 짙은 콧수염, 그리고 살이 쪄서 여러 겹이 된 턱. 숱이 적은 긴 머리를 말총처럼 묶고, 한쪽 귀에는 귀걸이도 하고 있더구나. 내 눈에는 꽤 바보처럼 보였어. 그는 사후 세계를 여러 번 왕래했고, 죽은 사람들과 대화도 나누었다고 주장했어.

넌 이 '앤드류'라는 사람을 어떻게 생각하니?

난 이 사람 말을 믿을 수가 없어. 나에게는 너무나 동화처럼 들리는걸. 지나치게 인간적으로 들리기도 하고.

그는 자신만의 세계에서 살고 있는 것 같아. 스스로 창조한 상상의 세계를 진실이라고 믿는 사람이지. 이해할 수 없는 것을 이해하고 있다고 믿는 그런 사람 말이야. 그건 세상을 편하게 사는 하나의 방법이기도 해.

난 그런 식으로 살고 싶지는 않아.

죽음에 대한 책을 더 읽고 싶은 마음도 사라졌어. 그런 책을 본들 내가 더 현명해지는 것도 아니라는 걸 깨달았거든. 짜증만 날 뿐이야.

편지 32

월요일이야.

요니네는 지금 바닥에 앉아 인형 놀이를 하고 있어.

혼잣말을 중얼거리며 인형 옷 갈아입히기를 되풀이하고 있지.

요니네의 혼잣말을 빼면 집 안은 쥐 죽은 듯 고요해.

아버지는 아래층에서 소설을 쓰고 있어. 언제 탈고할지는 모르겠지만, 그건 상관없대. 아버지는 무언가 할 일이 있다는 것, 그리고 그 일을 하고 있다는 사실이 가장 중요하다고 말해. 생각을 집중해서 아버지가 원하는 대로 이야기를 끌고 나가는 것 말이야.

집에는 달랑 세 사람뿐이야. 아버지와 요니네, 그리고 나.

아침이면 우리는 식탁에 둘러앉아 블루베리와 계피를 넣은 오트밀을 먹는단다.

포도 주스를 마시며 잠에서 깨기 위해 눈을 비비지.

요니네는 아직도 젖병을 써. 컵을 쓸 나이가 되었지만 아직 젖병을 떼지 못하고 있어. 턱받이도 하고, 젖병으로 주스를 마신단다. 요니네는 먹는 걸 참 좋아해.

난 마지못해 먹는단다. 아버지는 아무 생각 없이 음식을 입에 넣고 있는 것 같아.

우리는 가족이라는 이름으로 서로에게 속해 있어.

라디오, 거실의 양탄자, 형광등, 탁자, 의자, 창문, 벽, 오븐, 냉장고, 아버지 옷, 내 옷, 그리고 요니네 옷.

이 모든 것들이 밀접하게 이어져 있어. 같은 향기를 지니고 마치 하나의 물체처럼 한 집 안에 녹아들지.

요니네는 인형에게 말을 건네.

"엄마, 먹어. 자자. 엄마는 착해. 착한 엄마."

난 소파에 두 다리를 올리고 앉아 있어.

가능한 한 조용히 하려고 애쓰고 있지.

그리고 너에게 편지를 쓴단다. 내가 옆에 있다는 사실을 요니네조차 알지 못하도록 조용히…….

난 누구의 눈에도 띄지 않았으면 좋겠어.

내 입에서 역겨운 냄새가 나. 마치 썩은 과일 냄새 같아. 죽음의 냄새지.

물과 커피를 아무리 많이 마시고 사탕을 먹어도 이 역한 냄새는 사라지지 않아.

요니네가 투정을 부려. 배가 고픈가 봐.

물을 마시고 싶대.

아주 차가운 물.

하지만 난 못 들은 척하고 있어.

너에게 편지를 쓰는 중이니까. 편지를 쓰는 건 아주 중요한 나의 일과가 되어 버렸어.

오늘은 병원에 가야 해. 여러 검사를 받게 될 거야. 하지만 난 병원에 갈 마음이 전혀 없어.

난 병원을 싫어해.

그저 집에 콕 틀어박혀 있고 싶은 마음뿐이야.

쿠션 위에 두 다리를 올리고 하루 종일 소파에 누워 있고 싶어.

숨을 쉬고,

두 눈을 감고,

내가 누구인지 잊고 싶어.

어떤 사람으로 살아왔는지, 어떤 사람이 될 수 있었을지 생각하기조차 싫단다.

요니네도, 아버지도, 삶도, 친구들도 모두 잊고 싶어.

하지만 난 그렇게 할 수 없어.

등을 돌리고 내 갈 길만 갈 수는 없는 법이잖니.

손을 흔들며 작별을 고하고, 망각의 세계로 빠져드는 것.

그건 불가능해.

아버지가 현관에 서서 나를 부르고 있어. 시간이 없다고 재촉하는 거지.

난 대답하지 않아.

지금 속옷만 걸치고 있는걸. 녹색 개구리 무늬가 찍힌 보라색 면 팬티를 입고 있지.

예쁘지는 않지만, 촉감은 아주 부드러워.

아버지가 얼른 옷을 입으라고 재촉해. 난 윗옷을 걸치고 바지를 입어. 신발을 신고, 대충 머리를 빗지.

'정신 차려!'

하지만 난 정신을 차리고 똑바로 살 힘이 없어. 그러고 싶지도 않고.

그냥 둥둥 떠다니고 싶어. 죽지 않는 무언가가 되고 싶어.

관 속에 들어가지 않아도 되는 그 무언가가 되었으면 좋겠어.

난 흙 속에 묻히기 싫어. 밖에 비가 내려. 이제는 정말 나서야 할 것 같아.

아버지가 우산을 들고 나오라고 소리쳐.

편지 34

지금은 한밤중이지만, 난 잠을 이룰 수가 없어.

너무너무 외로워.

죽음은 나만의 것이야. 누구와도 나눌 수 없는 고독한 것.

난 이것을 금색 종이로 잘 포장해서 실크 리본으로 장식한 다음 누구에게 선물할 수도 없단다.

플라스틱 봉지에 꾹꾹 눌러 넣은 다음 휴지통에 버릴 수도 없어.

죽음은 내 안에 살고 있어. 죽음은 바로 나야. 이제는 나와 떼려야 뗄 수 없는 것이 되어 버렸지. 내 몸은 물론 내 생각과도 뗄 수 없는 것 말이야.

내 심장 박동 소리를 듣고 있어. 아주 약하고 빠르게 뛰고 있지.

의사가 나에게 최악의 상황을 준비하라고 했어.

난 천국 따위는 믿지 않아. 천국과 지옥이라는 개념은 이상하고 엉뚱하게만 느껴져.

내가 죽어도 저 하늘에서 엄마를 다시 만날 수 있을 것 같지 않아.

내 몸은 아주 천천히 썩어 갈 테고, 결국에는 한 줌 흙으로 변하겠지.

생각하기도 싫어. 정말 싫어.

죽음. 사라진다는 것. 잊힌다는 것. 버림받는다는 것.

죽기 전에 무언가 하고 싶어. 무언가 중요한 일 말이야. 타인에게 도움 되는 일을 하고 그들의 기억 속에 남기보다는, 나 자신을 위해 중요한 일을 하고 싶어. 그렇게 된다면 죽음을 맞는 일도 지금보다는 쉬울 것 같아. 내 삶은 무의미 그 자체야. 크나큰 실패의 대명사라고나 할까? 이런 생각을 하다 보면 무기력해져.

죽음을 앞두고 책을 쓸 마음이 없느냐고 물었지? 글쎄…… 난 그러고 싶지 않아. 죽음을 기다리며 책을 낸 사람들이 어디 한둘이라야지. 그들은 어떤 마음으로 책을 썼을까? 이 세상을 떠난 다음에도 자신을 기억시킬 수 있는 그 무언가를 남기고 싶어서였을까?

솔직히 말해서, 난 그런 사람들을 이해할 수가 없어. 상당히 비논리적이지 않니? 생각과 말이 문자로 남는다 하더라도 내가 살아 숨 쉬는 것과는 차원이 다르잖아. 난 존재하지 않아. 이 세상에서 일어나는 일들은 나와는 전혀 무관한 것이 되고 말 거야.

편지 36

아버지는 결코 포기하지 않아.

내가 건강을 되찾으면 나를 데리고 파리 여행을 하겠대.

"잘될 거야."

아버지는 항상 그렇게 말하지.

"문제 될 건 하나도 없어."

아버지는 마치 내 몸에 붙은 파리를 떨쳐 내듯 손을 몇 번 휘저으면 내 병이 달아나는 줄 아나 봐.

하지만 파리들은 금방 돌아오기 마련이야. 귓전에서 윙윙 날갯짓을 하다가 다시 내 손 위에 내려앉지. 때로는 눈 밑을 간질이기도 해. 절대 창밖으로 달아나지 않아. 난 살아서 파리를 여행할 수 없다는 걸 잘 알아. 그런 일은 영원히 없을 거야.

울지 마, 제니! 제발 슬프다고 말하지 말아 줘. 내가 죽는 건 절대 슬픈 일이 아니야. 아주 지루하고 재미없는 일일 뿐이지.

눈물짓는 건 메스껍고 혐오스러워. 슬픔도 마찬가지야. 아주 커다랗고 역겨운 케이크 같은 거지.

힘을 낼 수가 없어.

그 케이크를 먹을 기력이 없단다.

너무나 달콤하기 때문이지.

설탕과 크림.

물러 터진 빨간 딸기들.

말로 표현할 수 없을 정도로 힘든 날이 있어. 처참할 정도지. 구토와 통증 때문이야.

너무 어지러워. 영원히 멈추지 않는 회전목마가 머릿속에서 돌고 있는 것 같아.

프리다 칼로.

그녀는 삶을 사랑했고, 술을 마셨고, 그림을 그렸어.

그리고 세상을 떠났지.

난 그녀 같은 사람이 되고 싶어.

지금의 나와는 다른 사람이 되고 싶어.

피가 멈추지 않는 그림처럼.

아무리 자주 들어도 질리지 않는 이야기처럼.

해가 지날수록 값어치를 더해 가는 물건들처럼.

프리다와 내가 현실에서 친구로 지낼 수 있었다면 좋았을 텐데 하는 생각을 자주 해.

백일몽에 넋을 잃고 있을 때면 난 프리다와 친구가 되지.

너에게는 친구들이 많이 있니?

편지 38

요즘은 기분 좋은 날이 드물어.

양로원에서 하던 청소 일을 그만두었어.

그곳에서 함께 일하던 동료들이 나를 위해 파티를 열어 주었단다. '에바'라고 불리는 한 동료는 마지막 인사말에서 내가 아주 유능한 청소부였다고 칭찬했어. 거기에다 친절하고 상냥하기까지 해서 함께 일하는 게 매우 즐거웠다고 하더군. 나이 든 어른들이 나를 아주 좋아했기 때문에 앞으로도 나를 그리워할 거라고 덧붙였어.

에바는 말하면서 눈물을 흘렸단다. 몇 번이나 하얀 손수건으로 눈물을 훔치면서 말을 더듬었어.

거기 있던 다른 사람들도 눈물을 보였어. 하지만 난 억지 미소를 활짝 지었단다.

우리는 모두 함께 당근 케이크를 먹고, 커피를 마셨어.

다른 이야기를 하면서 말이야.

집으로 돌아오기 직전에 모두가 나에게 포옹을 해 주었단다. 동료들뿐만 아니라 나이 든 어른 몇 분도 나를 꼭 안아 주었어.

난 이제 청소부가 아니야.

요한네일 뿐이지. 딸이자 엄마, 그리고 친구.

얼마 안 있어 나는 무(無)가 될 거야.

편지 40

나에게는 오지 않을 미래에 대해 생각해 봤어. 생기 넘치는 눈과 낙천적이고 긍정적인 미소를 지닌 스무 살의 여인.

무릎까지 오는 치마를 입고, 조금은 구식처럼 보이기도 할 거야. 날씬하지는 않을 것 같아.

또각또각 소리가 나는 구두를 신고,

웃음을 터뜨리는 내 모습을 상상하고 있단다.

재바른 걸음걸이로 걷고, 나만의 특별한 이미지를 가꾸고 유지하기 위해 노력하겠지.

눈웃음을 치기도 하고, 상냥하고 순진한 눈빛으로 남자들을 유혹하며, 그들을 사로잡기 위해 잔머리를 굴리기도 하겠지. 좋아서라기보다는 책을 읽으면 현명해지고 매력적인 사람이 될지도 모른다는 기대심에 괜스레 책을 붙잡고 있을지도 몰라.

혼자만의 비밀을 지니고 살면서 요니네에게는 심한 잔소리꾼 엄마 노릇을 할 것 같아. 요니네는 나름대로 진지하게 사는 원숙하고 착한 소녀로 자랄 거야.

서른 살이 되면 얼굴에 주름이 생기겠지. 어쩌면 아이도 둘 정도 더 낳을지 몰라. 두 다리를 잡아끌며 귀찮게 하는 아이들 말이야.

(사내아이 두 명. 하나는 '팀', 다른 하나는 '짐'이라는 이름을 가진 금발의 쌍둥이?)

내 두 손은 아이들의 머리를 쉴 새 없이 쓰다듬거나, 차들이 쌩쌩 달리는 거리로 뛰쳐나가려는 아이들의 옷깃을 잡아끄느라 바쁠 거야.

책 읽기를 그만두지는 않을 거야. 어쩌면 그림도 계속 그릴지도 몰라. 만약 그렇다면 초상화를 그리겠지(머리에 꽃을 꽂고, 무릎 위에 토끼를 앉힌 내 모습. 양 볼에서 피가 눈물처럼 흘러내리는 내 모습).

잘생기고 친절한 남편을 사랑하며 사는 게 바로 상상 속에 자리한 서른 살의 내 모습이란다.

여든 살의 나는 등이 휘고 주름이 가득한 얼굴로 양손을 달달 떨며 힘없이 앉아 있겠지. 콧잔등에 안경을 걸치고, 밝은 햇살을 눈살을 찌푸리며 올려다보겠지. 정원에 앉은 내 곁에는 지팡이가 놓여 있을 거야.

그게 나야.

그리고 난 곧 이 세상을 떠나겠지.

늙은 내 모습.

늙은 심장.

늙은 내 몸.

내 얼굴을 보지만 그건 내 얼굴이 아니야. 그건 삶의 얼굴이야.

그 얼굴은 이미 이 세상에 오래전부터 존재하고 있었어. 난 그 얼굴을 본 적이 있어.

할머니의 얼굴. 양로원 노인들의 얼굴. 모두들 하나같이 주름이 가득한 얼굴을 하고 있어.

나이 든 어른들은 모두 서로 닮은 것 같아.

그래, 나이가 들면 각자의 개성은 조금씩 희미해지는 모양이야(자신의 모습에 충실하기보다는 '인간'이라는 큰 테두리에 좀 더 강하게 묶이는 거지).

하지만 이건 내가 경험할 수 없는 거야. 내가 세상을 떠나면 난 우리가 서로 닮아 가는 과정을 놓치게 될 거야. 미숙하고 툭 불거진 나만의 모습으로 영원히 기억되겠지. 불행한 일이야.

편지 42

어제 어머니가 입던 낡은 원피스를 걸쳐 보았어. 어머니는 치마를 참 많이 가지고 있었단다. 실크에 자수로 장식한 그런 치마 말이야. 아버지는 어머니가 옷을 필요 이상으로 좋아했다고 했어.

난 어머니의 원피스를 머리에서부터 뒤집어쓰고, 소파에 앉아 거울을 보았지.

빼빼 마른 두 다리. 숱 없는 머리. 잿빛 피부.

두 눈이 웃기 시작했어.

난 사람처럼 보이지 않았단다. 원피스가 나에게 어울리지 않을 정도로 예뻤기 때문이야. 내 모습은 '추하다'는 말이 딱 어울리는 꼴이었어. 폐인이 다 된 모습.

결국 원피스를 벗어 버렸어. 그리고 가위를 찾아와서 원피스를 오려 대기 시작했지.

싹둑, 싹둑, 싹둑.

원피스 여기저기에 구멍이 생겨났지.

가위질을 멈추고, 다시 원피스를 입어 보았어.

그리고 거울 앞에 서서 빙글빙글 돌아 보았단다.

그제야 옷이 나에게 어울린다는 생각이 들더구나.

너도 한번 해 봐. 만족스러울 거야.

찢긴 원피스의 아름다움을 감상하는 것 말이야.

어머니의 원피스는 구멍이 나기는 했지만, 여전히 아름다웠어. 특별한 사연을 갖게 되었으니까.

편지 44

병원에 입원을 했어.

이전에 입원했을 때는 너에게 병원 이야기를 많이 하지 않았던 것 같아. 그건 내가 병원을 무지무지 싫어하기 때문이야(온통 하얀 벽뿐인 데다가 쇠붙이처럼 차가운 건물이니까).

넌 정신 병원에 입원하고 싶다고 했지?

난 너를 이해할 수가 없어.

병원이 너에게 해 줄 수 있는 게 뭐가 있니? 의사들은? 간호사들은?

네가 정말로 죽고 싶다면 그 사람들이 도와줄 수 있는 일은 없어.

난 살고 싶어. 하지만 살기 위해 싸울 힘이 없단다. 이제는 병과 싸우는 데도 진절머리가 나.

내 삶과 싸우는 것. 사람들은 나에게 포기하지 말라고 야단이지. 병에 걸린 사람들이 자신도 머리에 염색을 하고, 새 옷을 입고 일터로 가서, 하루하루를 전쟁터에서 싸우는 것처럼 산다고 자랑하듯 말해. 보통 사람들보다 더 열심히 일하고, 집에 돌아와서는 아이들 일곱을 보살핀다면서 말이야. 그러고는 "절대 병 앞에서 무릎을 꿇지는 않을 거예요!" 라고 입을 모으지.

주간지와 일간지, 그리고 텔레비전에 그런 사람들이 수도 없이 많이 나와.

용감무쌍한 눈빛으로 병과 싸우는 사람들의 모습을 여기저기에서 볼 수 있어.

하지만 난 그렇지 못해. 단 한 번도 그처럼 강한 의지로 살아 본 적이 없어.

난 그저 나일 뿐이야.

난 텔레비전 앞에 시무룩이 앉아서 게으름 피우는 걸 좋아해. 그리고 빗을 쥐고 천천히 머리를 빗지. 아주 천천히.

난 혼잣말하는 게 좋아. 아버지에게 가끔 웃기지도 않는 농담을 건네기도 한단다.

(그건 그렇고, 네가 즐겨하는 일은 어떤 거니?)

이런 일들로 하루를 보내.

병과 싸우는 일과는 거리가 멀지.

그런데 병과의 싸움이란 도대체 어떤 걸까?

권투 글러브를 끼고, 병에 걸린 몸을 두들겨 패는 게 병과 싸워 이기는 걸까?

자신과 싸우다가 결국은 바닥에 드러눕고 마는 것?

그게 죽음을 이기는 걸까?

난 정말 이해할 수가 없어.

결국 승리하는 건 내가 아니라 죽음이야.

결국에는 말이지. 항상 그래.

아무리 세게 주먹을 휘두른다고 해도 죽음을 이길 수는 없어.

편지 46

어제 안네가 나를 찾아왔어. 안네와 나는 그리 가깝게 지내지는 않았단다. 하지만 어렸을 때 몇 년 동안 같은 육상팀에서 함께 훈련했어. 안네는 멀리뛰기를 잘했고, 난 높이뛰기를 주로 했지. 안네는 키가 크고 상당히 말랐지만, 조금 못생겼어. 많이는 아니고, 아주 조금……. 긴 금발에 회색 눈동자, 그리고 얼굴 한복판에 산더미만 한 코가 붙어 있어.

안네는 말을 많이 하는 편이 아니었어. 항상 조용해서 남들 눈에 잘 띄지 않았지.

그래서 나도 안네와 교류가 별로 없었던 것 같아. 하지만 그 애를 싫어하지는 않았어.

그런데 어제 갑자기 안네가 나를 찾아왔지 뭐니. 책 두 권을 들고 왔는데, 하나는 시집이고, 다른 하나는 곤충 그림과 스케치로 가득한 책이었어.

안네는 어떻게 지내고 있느냐고, 많이 아프냐고 물었어.

난 고개를 저으며 괜찮다고 했어. 물론 사실대로 솔직히 말할 수도 있었지만 말이야.

난 우리 집까지 찾아와서 내 근황을 묻는 안네가 참 용감하다고 생각했어.

우리는 앉아서 한참 이야기를 나누었어. 안네는 거의 말을 하지 않았지. 정작 떠들어 댄 건 나였단다. 참 이상하지? 난 대화할 때 상대방이 말을 적게 하면 그 빈틈을 메우려는 심사인지 나도 모르게 말을 많이 하게 돼. 잘 모르는 사람과 이야기할 때도 침묵을 참지 못할 때가 자주 있단다.

난 안네에게 요니네를 돌보다 보면 하루가 후딱 가 버린다고 말했어.

안네는 그저 고개만 끄덕였지.

"거의 집 안에만 있다 보니 사는 게 많이 단조로워. 하지만 내게는 그것도 나름대로 자극적으로 작용할 때가 많아."

안네는 여전히 고개만 끄덕였단다.

"왜 자극적이냐면 집 안에서의 생활이 너무나 제한적이라서 그래. 할 수 있는 일이 거의 없어. 하지만 바로 그 점 때문에 내가 할 수 있는 일이 뭐가 있는지 쉴 새 없이 생각하게 돼. 눈앞에 닥치면 해야 할 일은 생기기 마련이니까."

주절주절……. 이렇게 말도 안 되는 소리를 지껄였단다.

안네는 그런 바보 같은 이야기를 진지하게 들어 주었어.

내가 싫지 않은가 봐.

내 상황도 무리 없이 받아들이는 것 같았어.

안네는 내가 입 밖에 낸 말은 물론이고, 입 밖에 내지 않은 말까지도 모두 이해하는 듯 보였어. 그래서 그 애와 함께 있는 동안 나 자신이 꽤 자랑스럽다는 생각까지 들었단다.

기분이 좋았어. 누군가 내 말에 귀 기울이는 모습을 보면 꽤 중요한 사람이 된 듯한 기분이 들기 마련이잖아.

안네가 가고 나서 침대에 누워 삶과 우정에 대해 생각해봤어. 우리는 어떤 사람과 친구가 되기를 원하는지, 또 지금 어떤 사람과 친구인지, 왜 친구들과 가끔은 거리를 두게 되는지, 왜 새 친구가 필요한지, 그런 것들에 대해서 말이야.

안네와 새롭게 친구가 될 수 있을 것 같아. 죽음을 비극으로 생각지 않고 삶의 한 과정으로 이해하는 친구…….

단짝이었던 카밀라와 리네 소피에와는 거의 연락하지 않고 지내. 가끔 전화해서 우리 집에 놀러 오겠다고 하는데, 난 언제부터인가 걔들이 오는 걸 꺼리게 되었어. 걔들의 속마음은 그게 아니거든. 내가 보고 싶고, 어떻게 지내는지 궁금해서 오겠다는 게 아니라, 예의상 그런 말이라도 해야만 할 것 같아서 전화하는 거야. 내가 불쌍한 거겠지.

피곤해. 글씨 쓰는 것조차 피곤해.

잘 자.

편지 48

무언가 타는 냄새가 나.

아버지가 정원 뒤편에서 낙엽을 태우고 있어. 모닥불 옆을 지키고 앉아 지팡이를 들고 불이 번지지 않도록 살피는 거야.

아버지 옆으로 물이 가득 담긴 양동이 서너 개가 보여.

아버지는 무슨 일이든 충실하게 해 내는 사람이야.

날이 더워서 아버지는 셔츠를 벗었어. 작업복 바지에 낡은 운동화 차림이지.

내가 누워 있는 소파에서 창 너머로 아버지를 볼 수 있어.

내가 어렸을 때도 아버지는 가끔 낙엽을 태우곤 했지. 나란히 서서 타들어 가는 낙엽을 함께 바라보았어.

가끔은 낡은 가구와 옷가지, 쓰레기 등등을 같이 태우기도 해.

몇 년 전에는 할머니와 할아버지가 결혼 전에 주고받았던 연애편지를 모두 태웠단다.

할머니는 당신이 세상을 떠난 후에 그 편지들을 모두 태우라는 유언을 남겼어.

훗날 아무도 그 편지들을 읽지 못하게 말이야.

할머니는 임종 직전에 편지가 담긴 상자를 아버지에게 주었단다. 아주 커다란 황토색 종이 상자 안에 편지들이 형형색색의 가는 실로 한데 묶여 있었어. 빨간색, 녹색, 푸른색, 분홍색 등등…….

아버지는 내 눈앞에서 그 편지들을 모닥불에 던져 넣었단다.

그것을 보고 있자니 내 심장이 타들어 가는 것만 같았어. 난 그 편지들을 읽고 싶었단다. 크나큰 비밀이 숨겨져 있을 것만 같았거든. 물론 사랑의 감정과 흥미로운 사고 같은 것도 함께 말이야.

하지만 그 편지들은 불꽃 속에서 사라져 버렸어. 종이 위의 글자들은 검은 연기가 되어 버렸지.

이제는 찾아볼 수 없어. 단 한 장의 편지도, 단 한 가닥의 실도, 단 한 줄의 문장도, 단 하나의 작은 알파벳도 볼 수가 없단다.

가끔 이런 생각이 나를 엄습할 때가 있어. 그 편지들을 모조리 태워 버린 게 과연 정당한 일이었나 하는 생각.

그때마다 난 화가 나. 무언가 중요한 것을 빼앗긴 듯한 기분이야.

그건 나의 역사가 될 수도 있는 편지였어. 편지를 읽었다면 나도 그 역사의 한 부분이 될 수 있었을 텐데…….

이런 내 말을 아버지는 이해하지 못해. 아버지는 뭐랄까, 꽤 도덕적이라고나 할까……?

난 아버지가 이해하지 못할 거라고 확신해. 아무리 작은 일이라도 이 세상의 모든 일들은 서로 긴밀하게 이어져 있다는 사실을 말이야.

내가 죽으면 아버지 삶의 한 부분도 죽게 되는 거야.

존재는 절대 단편적이고 간단한 게 아니라고 생각해. 우리는 각각의 하나가 아니라 여러 인연과 많은 이야기로 이루어진 복잡한 존재야.

복잡한 '나'의 여러 모습들 중에서 어떤 건 아직 태어나지 않았을 테고, 또 어떤 건 이미 죽어 없어졌을지도 몰라.

내 안에는 서로 다른 수많은 모습의 내가 북적대며 살고 있단다.

나는 곧 베어질 나무야.

사람들은 그것을 알고 있지. 그리고 그 일이 곧 일어나리라는 것도 짐작하고 있어.

베어져서 장작이 된 다음, 겨울이 오면 벽난로 속에서 태워질 거라는 사실 말이야. 어쩌면 정원 뒤편에 차곡차곡 쌓여 내년 겨울을 기다리게 될지도 몰라.

난 사라지고 싶어. 다른 곳으로 훌쩍 가 버리고 싶어.

아무도 나를 모르는 곳.

아무도 나에게 신경을 쓰지 않는 곳.

아무도 내가 곧 세상을 떠날 거라는 사실을 모르는 곳. 길을 가다가 마주치면 의미 없는 눈빛으로 인사를 대신한 뒤 계속해서 각자의 발길을 재촉하는 그런 곳.

아스팔트로 뒤덮인 거리에 공해가 가득한 대도시 이름을 하나만 말해 줄래? 그곳에 가고 싶어. 너도 함께 가지 않으련?

편지 50

내가 죽으면 이 세상에서 나를 찾을 방법은 없어. 내가 태어나기 전에도 그랬겠지. 아버지와 어머니는 이 세상에 존재하고 있었지만, 난 없었어.

부모님이 길을 걷고, 숨을 쉬고, 대화를 나누고, 음식을 먹고 마시는 동안, 나는 무(無)의 존재였지.

그분들이 사랑을 나눈 후에 내가 생겼겠지?

그리고 세포들이 모이고 자라서 내가 생겨났을 거야.

아주 옛날에 내가 아무것도 아닌 무의 존재였다고 생각하는 건 그리 나쁘지 않아.

하지만 곧, 아주 곧 이 세상에서 사라져 다시 무의 존재로 되돌아간다고 생각하면 견딜 수가 없어. 아마도 이미 형체를 지닌 존재의 맛을 본 후라서 그럴 거야.

그래, 그건 분명히 다른 거야.

태어나는 것과 죽는 것 말이야.

둘 다 매우 자연스러운 일이지. 하지만 그 두 가지가 주는 느낌은 그렇지 않아.

아버지는 죽음을 이야기하는 걸 꺼려. 아버지와 가장 가까웠던 할아버지와 할머니, 그리고 어머니를 저세상으로 보낸 다음이라 면역이 되었을 것 같은데 말이야. 아버지는 그저 그분들이 돌아가셨다고만 말해. 그것 말고는 더 할 말이 없대.

아버지에게는 형이 한 명 있었단다. 하지만 그분은 아버지가 세상에 태어나기도 전에 돌아가셨대. 가족들은 이유도 모른 채 갑작스럽게 그분을 보내야만 했다고 들었어.

나에게는 삼촌뻘이 되는 그분은 이름도 얻지 못했어. 그저 한 어린 사내아이에 불과했지.

크기로 따지면 파인애플 정도 됐을까?

참 이상하지.

그런 일들을 생각하면 난 지금까지 살아왔다는 것만으로도 감사히 여겨야 할 거야. 비록 내가 원하는 것보다 짧은 삶이 되겠지만 말이야.

열일곱 해는 결코 짧다고 할 수 없는 시간이지.

아버지의 형은 우스운 일을 떠올리며 미소 지을 시간도 없었고, 즐거운 꿈이나 악몽을 꿀 시간도 갖지 못했어. 그저 할머니 배 속에서 아무 걱정 없이 한 줌의 작은 젤리 덩어리처럼 떠다녔겠지.

아버지가 나에게 새 바지를 사 주었어. 값이 꽤 나가는 거야. 아버지는 나에게 선물을 받을 자격이 있다고 했단다.

무릎까지 오는 노란색 바지야.

무릎 단에는 검은 말 세 마리가 장식되어 있어.

난 그 바지가 참 마음에 들어. 아버지에게 내가 죽으면 함께 묻어 달라고 말했단다.

아버지는 내 말에 아무 대꾸도 않고 고개를 돌린 채 거실로 나가 버렸어.

짜증 나. 아버지가 나를 이해해 주면 좋겠어. 아버지가 아무리 죽음을 입 밖에 내기 싫어한다고 해도, 결국에는 받아들여야만 하는 거잖아.

편지 52

나날이 상태가 나빠지고 있어.

지금은 정원에 앉아 담요를 덮고서 너에게 편지를 쓰고 있단다. 내 옆에는 아버지가 앉아 있어.

가끔 하늘과 구름 사이로 내리비추는 햇살을 올려다보기도 해.

바람결에 흔들리는 나뭇잎 소리를 들어.

한여름인데도 한기에 몸이 떨려.

이를 딱딱 부딪으며 달달 떨고 있어.

무얼 먹기도 귀찮고, 책 읽는 것도 귀찮아. 그저 너에게 편지를 쓸 뿐이야.

집으로 찾아오는 간호사가 매일 내가 샤워하는 것을 도와준단다. 난 청결하게 살고 싶어. 몸에서 퀴퀴한 냄새가 나는 건 참을 수 없거든.

(나는 몸에서 이상한 냄새가 나는 걸 제일 싫어해.)

그런데 하루 종일 내 몸에서 이상한 냄새가 나는 것 같아. 아마도 내가 구토를 하고, 쉴 새 없이 땀을 흘려서일 거야.

죽음이 코앞까지 와 있기 때문이지. 내 몸은 천천히 썩어 가고 있어. 자연스러운 일이라고 생각해. 역겨운 냄새가 나는 거 말이야. 난 지금 살아 있는 시체라 해도 틀린 말이 아닐 거야. 완전히 죽지는 않았지만, 그렇다고 완전히 살아 있지도 않은 그런 존재 말이야.

나에게는 두 팔과 다리, 얼굴, 그리고 앙상한 뼈만 남아 있어.

아버지는 나를 보지 않아. 시선이 마주칠 때마다 눈을 감고 얼굴을 돌려 버린단다. 아버지는 커다랗고 검은 선글라스를 끼고 있어.

"햇살이 너무 강해서 그래."

말은 그렇게 하지만, 난 아버지가 햇살 때문에 선글라스를 낀 게 아니라는 걸 잘 알아.

바로 나 때문이지.

이제는 정말 살날이 얼마 남지 않은 것 같아. 느낄 수 있어. 줄어드는 시간이 나를 죄어 오는 걸. 숨 쉬는 공기도 다르게 느껴져. 주변의 색들은 점점 뚜렷하게 다가오고, 소리들은 희미해져.

두 눈을 감으면 어머니와 요니네의 모습, 갖가지 꽃과 비뚤비뚤한 무지개 등 온갖 그림들이 휙휙 스쳐 지나가.

갓난아기인 나, 어린 소녀인 나도 볼 수 있어.

이런 그림들이 갑자기 나타났다가 얼음이 녹듯 사라져 버린단다. 그러고는 또 다른 그림들이 나를 덮쳐.

아버지는 소설 쓰는 일을 잠시 멈추고 쉬겠다고 했어.

요니네는 그 커다랗고 푸른 눈으로 나를 바라보고 있어. 내 팔을 잡아끌며 강가로 산책을 나가서 자갈을 줍자고 조른단다.

하지만 나에게는 요니네의 부탁을 들어줄 만한 기력이 없어. 요니네는 "엄마, 바보!" 하며 혀를 쏙 내밀어.

그래, 요니네 말이 맞아. 난 이 세상에서 가장 바보 같은 엄마야. 요니네가 내 말에 깔깔깔 웃음을 터뜨리는구나.

내 어린 시절은 무척이나 밝았어. 난 아직도 그때 일을 사진처럼 선명하게 기억한단다. 아버지가 자주 사진을 찍어 주었지. 그리고 아주 두꺼운 앨범에 풀칠을 해 가며 사진을 정리해 두었단다. 사진 밑에 작은 글씨로 무언가를 적어 놓기도 했어. 예를 들면 이런 말들 말이야.

'요한네가 세 살 되던 날, 춤추고 머리 빗기를 좋아하는 작은 천사.'

'요한네 유령, 우후후.'

난 앨범을 꺼내 보는 게 좋아.

태어났을 때부터 지금까지 달라진 내 모습을 살펴보지.

난 참 많이 변했어. 하지만 어떤 면에서는 예나 지금이나 똑같아.

이상하다는 생각이 들어. 살아가며 서로 다른 모습을 갖게 되는 것 말이야. 말도 제대로 못하고 이해력이라고는 전혀 없는 갓난아이, 장래 희망이 공주에다 산타클로스를 믿는 어린 여자아이, 남자아이와 예쁜 옷에만 관심 있는 열두 살 소녀…….

그리고 소파에 누워 죽을 날만 기다리는 열일곱 살 소녀.

아버지는 언제부터인가 내 사진을 찍지 않아. 그래서 내가 직접 사진을 찍기 시작했지.

내 얼굴과 두 눈. 손과 귀. 배와 허벅지, 그리고 발.

난 그 사진들을 하얗고 커다란 종이 위에 풀칠을 해서 붙여 놓지. 내 몸. 뚫어지게 바라봐. 그리고 이해하려고 노력해(자기 죽음의 증인이 된다는 건 정말 이상해).

편지 54

난 병원에 있어.

창백한 불빛.

핏기 없는 사람들.

오래된 콘크리트 벽.

삐걱삐걱 소리를 내는 넙다리뼈, 소변과 갖가지 이름 모를 병들, 그리고 소독약 냄새.

알약들. 헐렁하고 보기 흉한 환자복. 맨살. 높낮이를 조절할 수 있는 침대. 반짝이는 금속들. 작은 플라스틱 약병. 녹색과 붉은색과 푸른색 알약들. 물. 미지근한 물. 말라비틀어진 빵. 녹색 바닥.

침대에 누워 천장을 바라보는 것. 오가는 얼굴들. 옆 침대의 얼굴들. 의사와 간호사 들의 바쁜 걸음걸이. 진찰 기록들. 볼펜과 청진기. 탁자 위에 넘칠 듯 자리한 꽃들. 장미와 카네이션. 튤립. 초콜릿 상자들. 냅킨들. 잔에 반쯤 남은 미지근한 커피. 주사기들.

휠체어.

난 침대에 누워 있어. 무릎 위에는 아이포드(iPod)가 있어. 주간지의 낱말 퀴즈. 볼펜. 휴대 전화. 요니네 사진. 눈을 감고, 죽는 게 어떤 걸까 생각해.

사진 고맙게 잘 받았어. 넌 아주 예쁘더구나. 질투가 날 정도로 예뻐!

편지 56

집으로 다시 돌아왔어.

지금은 거실에 있는 녹색 소파에 누워 있단다. 그리고 너에게 편지를 써. 그림은 더 이상 그리지 않아.

마지막 남은 힘으로 너에게 편지를 쓰고 있어.

요니네는 요즘 자주 울고 짜증을 부려. 그런 아이를 보고 있자니 나도 짜증이 나서 견딜 수가 없어. 왜 저렇게 짜증을 내고 심통을 부리는 걸까? 왜 내 말을 듣지 않는 거지?

"바닥에 음식을 흘리면 안 돼. 내 얼굴에 달라붙어 치근대지 마. 때리지 말란 말이야."

요니네는 힘이 세. 내 얼굴과 배를 때리는가 하면 내 다리를 발로 차기도 해.

소리를 지르고 마구 울어.

하지만 난 요니네를 꾸짖을 힘이 없단다. 그저 등을 돌릴 뿐이야.

난 요니네를 사랑해. 하지만 가끔은 아이를 창문 밖으로 던져 버리고 싶기도 해.

난 아이가 죽는 걸 원치 않아.

요니네가 사라지는 것도 바라지 않아.

그저 요니네가 좀 조용히 있어 주면 좋겠어.

조용히…….

어쨌든 난 요니네를 창문 밖으로 내던질 수 없어. 그럴 힘도 없는걸.

난 요니네를 사랑해. 하지만 그 사랑하는 마음이 항상 똑같은 건 아니야.

그래. 마음이 오락가락하는 걸 숨길 생각은 없어. 하지만 양심의 가책을 받을 정도는 아니란다.

어제 요니네를 위해 편지를 써 두었어. 무언가 중요한 것을 설명해 주려고 나름대로 노력해 보았지. 내 이야기도 썼어. 대충 이런 내용이야.

사랑하는 요니네에게

요니네, 넌 솔직히 말해서 그렇게 예쁜 아이는 아니란다. 사슴처럼 순수한 눈에 보조개가 패는 그런 얼굴은 아니지. 네 이는 비뚤비뚤하고, 작은 얼굴에 어울리지 않게 크단다. 그리고 머리숱은 매우 적어.

넌 아주 크고 좀 이상하게 보이는 눈을 가졌어.

하지만 넌 너일 뿐이야. 내 사랑하는 딸. 누구와도 비교할 수 없지.

네가 미소 지으면 나도 미소 짓지 않고는 못 배긴단다.

네가 웃음을 터뜨리면 난 너를 꼭 끌어안아 주고 싶어. 네가 환하게 웃는 모습을 사진으로 찍어 두고 싶구나.

그래서 네가 웃는 모습을 오래오래 보고 싶단다.

색이 바래서 사라지기 전에 꽉 붙잡아 두고 싶어.

넌 나를 만날 수 없어. 넌 지금쯤 성숙한 소녀가 되었겠구나. 어쩌면 여인이 되었을지도 모르지. 누군가의 아내, 또는 누군가의 엄마가 되어 있을지도 모르고. 그래, 그런 날이 언젠가는 오겠지.

하지만 난 항상 여기 이 자리에 있어. 너의 등 뒤에 그림자처럼 늘 자리하고 있단다. 그리고 너를 지켜 줄게.

나를 그리워할 필요는 없어.

불필요한 일이지.

생각할 필요도 없는 일이야.

내가 어떤 모습을 하고 있었는지, 내 머리카락이 어떤 색이었는지 기억하려고 애쓸 필요도 없단다.

내 눈동자가 갈색이든 푸른색이든, 그런 건 아무 상관

없어.

겉으로 보이는 건 중요하지 않아.

이렇게 생각하면 모든 게 수월해져(심지어 너를 떠나는 것조차도).

삶은 그렇게 심각한 것만은 아니란다. 삶은 놀이야. 허공에 공을 던졌다가 받아 내는 놀이지. 또는 던져진 공이 내리막길을 통통 굴러 내려가 덤불 사이로 모습을 감추거나 모퉁이를 돌아 자취를 감추는 모습을 바라보는 거야.

통통 구르는 건 공만이 아니야. 네 웃음소리도 그래.

언제 어디서 갑자기 나타날지 전혀 예상할 수 없는 그런 것.

네 얼굴을 두 손으로 감싸고 있으면 금방이라도 깨질 것 같은 얇은 유리 조각 느낌이 나.

절대 깨지 않을 거야. 아직은 아니야. 어쩌면 영원히 그 모습 그대로 간직할 수도 있을 거야.

엄마가.

편지 58

머리가 깨질 듯 아파. 손발에도 통증이 느껴져. 한기에 온몸을 떨고 있어. 눈에서 나온 누런 고름 덩어리가 뺨을 타고 흘러내려.

내 꼴은 아주 흉해. 추하고, 빼빼하고, 주름으로 가득해.

요니네는 오늘 기분이 좋아 보여. 내 침대로 기어 올라와 자기가 공주라며 자랑해. 왕관을 쓴 아주 아름다운 공주.

아이의 두 눈이 반짝반짝 빛나고 있어.

왜 내가 죽어야 하지?

왜 네가 나 대신 아프면 안 되는 걸까? 정작 죽고 싶어 하는 사람은 너인데 말이야.

미안해. 이런 말은 하면 안 되는 줄 알지만, 입 밖에 내지 않고는 견딜 수가 없었어. 정말 세상일은 마음대로 할 수 없나 봐.

하지만 이런 말을 한다고 해서 도움이 되지는 않아. 대답을 얻을 수는 없으니까.

그래, 삶은 논리와는 거리가 먼 건가 봐.

삶은 우리와는 상관없이 그저 제 갈 길만 가는 것 같아. 삶은 내가 무얼 원하는지, 또 무얼 원치 않는지 전혀 관심이 없어. 삶이란 나와는 상관없는 거야. 내 몸 밖에 존재하는 또 다른 몸. 두 손으로 내 어깨를 꽉 부여잡고 나를 밑으로, 밑으로 잡아당기는 것……, 그게 바로 삶이야.

내가 아무리 몸부림쳐도 삶은 나를 놓아주지 않겠다고 단단히 결심한 것 같아. 그러니 이제 내가 할 수 있는 일이 뭐가 있겠니? 난 운명을 믿기 시작했어.

비록 이해할 수는 없지만, 거기에는 어떤 의미가 있을지 모른다는 생각도 하게 되었어.

만약 아무도 죽지 않고 모두가 영원한 삶을 산다면, 만약 모두가 삶에 지쳐 버릴 때까지 오래오래 살다가 죽게 된다면, 세상은 어떻게 될까?

글쎄……, 그런 세상에서 살면 그다지 유쾌하거나 기분이 좋을 것 같지는 않아.

어떤 이는 세상을 떠나고, 또 어떤 이는 세상에 남고……, 어쩌면 바로 이런 게 세상의 이치가 아닐까?

난 신을 믿지 않아. 앞으로도 신을 믿는 일은 없을 거야.

그건 선택의 문제이기도 하잖니.

편지 60

가을이구나. 내가 원했던 일은 아니지만, 소냐 고모가 우리 집에서 얼마간 지낼 예정이야.

"오늘 너희 집으로 간다!"

어느 날 갑자기 그렇게 말하고는 며칠 뒤 우리 집으로 들이닥쳤단다. 한 손에는 푸른색 옷 가방을, 다른 한 손에는 분홍색 핸드백을 들고 말이야. 커다란 납 귀걸이를 주렁주렁 달고, 젖은 머리로 현관 앞에 나타났지 뭐니.

아버지는 소냐 고모의 등장에 감동과 짜증을 동시에 느끼는 것 같았어. 아버지의 눈빛을 보면 다 알 수 있단다.

소냐 고모는 과일 수프를 끓이고, 양탄자의 먼지를 털고, 내 침대보를 갈고, 주간지를 읽는 것으로 소일하고 있어. 하루에도 몇 번씩 내 옆에 바짝 붙어 앉아서 심각하고 슬픈 표정으로 나를 바라봐. 그럴 때면 고모의 커다란 눈이 젖어 든단다.

"얘기해 봐. 어떻게 아픈지 솔직하게 털어놓고 마음껏 울어 보렴, 요한네. 가슴속에 꼭꼭 숨겨 놓는다고 도움 되는 건 하나도 없어."

고모가 하는 말은 항상 정해져 있어.

하지만 난 고개를 저어.

두 눈을 감아.

울고 싶지 않거든.

거실을 눈물바다로 만들고 싶지도 않아.

난 다시 어린아이가 된 것 같아. 젖가슴도 사라져 버렸어.

갈비뼈가 살을 뚫고 튀어나올 것만 같아. 난 이런 보기 흉한 내 몸을 아버지의 커다란 셔츠 속에 감추어 놓는단다. 아버지는 아무 말도 하지 않아.

아버지는 말을 잃어버렸어.

빈 성냥갑처럼. 불을 붙일 수 없는 성냥처럼.

난 이제 병원에 가지 않아도 돼. 의사들은 나를 포기했단다. 벽시계가 똑딱똑딱 소리를 내고 있어. 그걸 부수어 버리고 싶어. 아주 잘게 부수어 버리고 싶단다.

하지만 난 일어설 힘도 없어.

난 소리 없이 누워 있어. 양손을 꼬옥 마주 잡고 있지(그렇게 하면 홀로 외롭게 죽지 않을 것 같아. 나와 함께 죽을 수 있잖아).

편지 62

명상을 그만두었어.

대신 미소를 짓기 시작했어. 시무룩이 있을 힘도 없거든.

소냐 고모는 나보고 아주 의지가 강한 사람이래. 온몸을 갉아먹는 통증을 말없이 이겨 낸다고 말이야.

난 고개를 젓는 것 말고는 아무 대꾸도 할 수가 없어. 난 그저 나일 뿐. 절벽으로 향하는 나이 어린 소녀에 불과하지. 내가 원해서 가는 길이 아니라 무언가에 등을 떠밀린 채 억지로 나아가고 있어.

지금 내가 할 수 있는 단 한 가지는 미소 짓는 일뿐이야.

미소를 지으면 자괴감으로부터 나 자신을 지킬 수 있을지도 모른다는 생각에서야.

아버지에게 애인이 있느냐고 물었지? 아니, 없어. 관심도 없는 것 같아. 어쨌거나 네 어머니와 우리 아버지는 어울리지 않을 것 같아. 혹시 그게 네 생각이었다면 내가 미리 답을 준 셈이구나.

너에게 편지 쓸 기운이 없어. 손이 떨리기 시작했거든. 글씨를 보면 알 거야.

제니, 나에게 편지를 계속 써 줘. 뭔가 재미있고 일상적인 일들을 이야기해 줘(지난번 네 어머니의 애인 이야기를 읽고 얼마나 웃었는지 몰라). 내가 누구인지 잊을 수 있는 그런 재미있는 이야기를 해 주렴. 부탁이야.

편지 64

죽고 싶어.

살고 싶지 않아.

넌 나를 이해할 수 있지? 너도 죽고 싶어 하니까 말이야.

하지만 우리의 이유는 달라. 정반대지.

상관없어.

우리는 비슷한 처지에 있어.

이제 더 이상 삶이 아름답게 느껴지지 않아. 전혀 아름답지 않아.

욕실의 거울을 보며 내 본모습은 이보다 훨씬 아름답다고 생각하지.

이건 내가 아니야.

내가 보고 있는 건 죽음이야.

나와 죽음을 구별해서 보는 건 아주 중요해. 그렇게 하면 거울 속에 보이는 퀭한 두 눈동자와 쑥 들어간 양 볼을 보며 슬퍼할 이유도 없어지지.

바짝 마른 입술과 입가에 보이는 끈적끈적한 거품들.

이건 내 모습이 아니야.

삶은 이보다 더 의미 있는 그 무언가를 지니고 있을 게 분명해.

나에게 아무 말도 하지 말아 줘. 진정한 행복은 삶의 완벽한 붕괴 속에 감추어져 있다고……. 그런 말은 절대 하지 마. 살이 문드러지고, 피가 딱딱하게 굳고, 누런 쓸개즙이 콧물처럼 흘러내리는 순간에는 어떤 행복도 느낄 수 없어. 적어도 난 그렇게 생각해.

난 이제 새로운 걸 배우지 않아도 돼.

배운 걸 써먹을 기회도 없을 테니까.

편지 66

나를 슬프게 하는 건 아무것도 없어. 기쁘게 하는 것도 없어. 모든 게 무의미해.

시간이 갈수록 하늘을 나는 듯한 느낌이 더욱 강해져.

동공 사이로.

뼈마디 사이로.

물건과 물건 사이로.

피부. 눈물.

난 허공을 나는 동시에 둥둥 떠다녀.

소리를 듣지 않아. 눈으로 보지도 않아. 숨도 쉬지 않아.

그저 나 자신을 느낄 뿐이야. 하지만 난 찾을 수 있는 존재가 아니란다.

발견되지 않는 존재가 가지는 느낌. 천천히 사라지는 존재가 가지는 느낌.

이 편지는 소냐 고모가 나를 대신해 쓰고 있어. 고모가 내 말을 받아 적고 있지.

난 지금 울고 있어.

그리고 고모는 나 대신 편지를 쓰고 있지.

아버지와 며칠 전에 대화를 나누었어. 요니네를 잘 돌봐 달라고 부탁했지. 날이 추워지면 스타킹을 신기고, 모자를 씌우는 것도 잊지 말라고 당부했어. 여름이 되면 선크림을 발라 주고, 자기 전에는 꼭 자장가를 불러 주라고도. 아버지는 걱정 말라고 대답했어.

난 걱정하지 않아.

아버지와 난 더 이상 함께 이야기하지 않아. 말이 필요 없거든.

행간에 존재하는 빈칸이 필요할 뿐이야. 그리고 귀를 기울이지.

내 삶은 정지되어 있어. 완성할 수 없는 삶이기도 하지.

내 삶이 존재하는 방에는 벽이 없어.

창문밖에 없단다.

그 창밖에는 나무 한 그루가 서 있어.

나뭇잎들이 나에게 뭔가를 속삭여.

내가 알아야만 하는 거라고 이야기하지.

나뭇가지에서 떨어져 내리는 게 얼마나 쉬운 일인지, 바람에 몸을 싣고 길 위에서 데굴데굴 구르는 게 얼마나 쉬운 일인지 이야기하고 있어.

너무나 당연한 것처럼.

아마 넌 내가 지금 이상한 말을 지껄이고 있다고 생각할 거야. 하지만 이건 내가 하는 말이 아니란다. 이건 내가 아니야.

다른 사람. 그래, 이건 자연이야.

난 너를 이해해, 제니. 이제는 너를 이해할 것 같아.

그래, 너를 이해할 수 있어, 이제는…….

훨훨 떠다니고 싶은 열망.

너를 붙들고 있는 무언가가 너를 더 이상 지탱하지 못할 때 그걸 놓아 버리고 싶은 심정.

요한네에게 제니가

Hva skjer med oss når vi dør, tror
du? Blir vi bare til jord eller
lir vi kanskje til et dyr, en
ante, en stjerne eller engel?
is jeg skulle blitt noe annet
et menneske, ville jeg blitt
rennmanet. Brennmanet eller
odille. En kjøttetende plante
en kvelerslange. Noe folk
flykta skrikende fra med
over huet.

Jenny.

편지 1

내 머릿속에는 죽고 싶다는 생각밖에 없어. 죽고 나면 모든 게 칠흑 같은 어둠 속으로 사라질 테고, 가슴에 느껴지는 통증도 사라지겠지. 왜 네게 편지를 쓰겠다고 마음먹었는지 나도 내 마음을 모르겠어. 아니, 어쩌면 알 것도 같아. 어제 신문에서 너에 대한 기사를 읽고 나서 나도 내 얘기를 네게 해 줄 수 있으면 좋겠다고 생각했지. 내 얘기는 네 사연과 많이 달라. 공통점이 있다면 삶과 죽음에 관한 거라고나 할까? 앞으로 서로 편지를 주고받으면 어떨까? 너만 좋다면 말이야.

내 일상은 잿빛으로 가득 차 있어. 지루하기 짝이 없지. 난 거의 하루 종일 침대에 누워 지내. 음악을 듣고, 기타를 연주하고, 작곡을 하기도 했다가 그림을 그리기도 해(썩은 눈동자와 누런 해골, 검은 창자와 찢어진 동맥 들이 주로 그림의 주제가 되지). 보라색 수첩에 무언가를 끄적대기도 해. 가기 싫은 도시와 좋아하는 색깔, 읽어야 할 책의 제목들을 적어. 난 짜게 절인 생선을 먹고, 콜라와 와인을 마시고, 손목을 긋기도 해. 피부를 뚫고 솟구치는 검붉은 피를 관찰하며 혀로 맛을 보기도 하지. 딱지가 앉으면 그걸 긁어내기도 하고.

작은 핀셋으로 머리카락을 뽑으며 거울 속의 찌푸린 내 얼굴을 들여다보기도 해.

기다림과 생각. 가끔 알약을 지나치게 삼킬 때가 있어. 약병을 곁에 두고 창백한 얼굴로 죽은 듯 누워 있는 나를 엄마가 항상 찾아내지. 불과 일주일 전에도 그런 일이 있었단다. 와인 반병과 소브릴(신경 안정제로 쓰이는 약의 일종 : 옮긴이) 한 판을 한꺼번에 삼켰지. 잠에 빠져서 다시는 깨지 않을 줄 알았어. 하지만 눈을 떠 보니 병원 응급실이더군. 피곤해 보이는 당직 의사 두 명과 뾰로통한 얼굴의 간호사 한 명이 나를 들여다보고 있었어. 어떻게 거기까지 갔는지 전혀 기억이 안 나. 아마도 엄마가 병원에 전화해서 구급차를 불렀을 거야.

우리 엄마에 대해 설명해 줄게. 키 178센티미터, 빼빼 마른 두 다리, 가짜 속눈썹, 미백제로 문지른 듯 하얀 이, 분홍색 손톱, 모기만 한 뇌, 불규칙한 심장 박동(부정맥이라나 뭐라나……), 수면 장애(자고 있는 듯 보이지만 뇌파는 깨어 있는 렘수면을 한 번도 못 겪어 본 사람 같아). 남자라면 사족을 못 쓰는 여자. 가끔 친절하고 상냥하기도 한 여자.

포도 맛 탄산음료와 포도를 좋아하고, 혼자 있는 걸 죽기보다도 싫어하는 여자. 바람이 불면 눈을 쉬지 않고 깜빡여야 직성이 풀리는 여자.

좋아, 우리 엄마에 대해서는 이 정도면 충분할 거야.

난 지금 내 방 창가에 앉아 나무를 바라보고 있어. 지루해 죽을 지경이야.

나뭇잎들을 째려보고 있어. 누런 잎들이 우중충한 회색 나뭇가지에 손톱을 콱 박고 억지로 매달린 것 같아.

엄마와 난 오슬로의 프로그네르에서 살고 있어. 하얀 페인트칠을 한 집이고, 방이 세 개 있지. 엄마는 동양식 젠 스타일(zen style, 선의 아름다움과 절제미, 간결함을 추구하는 양식 : 옮긴이)로 집을 꾸몄어. 나지막한 탁자 주변에는 의자 대신 방석을 놓아두었지. 벽에는 한문이 적힌 족자를 액자에 넣어 걸어 두었고. 거실 중앙에는 커다란 불상이 하나 있어. 거무죽죽한 돌부처는 통통한 얼굴로 항상 바보스러운 미소를 짓고 있지.

네 생각을 많이 했어. 네가 곧 숨을 거둘 거라는 사실이 내 머릿속에서 떠나질 않아. 우리는 동갑이지만 너무도 다른 생활을 하고 있는 것 같아. 난 도시 한가운데서, 넌 전원 속에서…….

어쩌면 네가 이 편지에 답장을 안 할 거라는 생각도 들어.

내가 죽음을 눈앞에 둔 사람에게 희망과 용기를 줄 수 있는 사람은 아니니까.

하지만 왠지 네게 편지를 쓰고 싶었어. 굳이 이유를 들자면, 넌 원치 않는 죽음을 맞이해야 하는 사람인 동시에 무척 현명한 사람 같았어. 거기에다 심신이 균형 잡힌 사람이라는 느낌도 들었단다. 다시 말하면, 나와는 정반대의 사람이라고 생각했지. 그리고 너에게서 내 모습을 발견할 만큼 너와 내가 비슷하다는 생각도 했어. 참 이상하지? 그뿐만이 아니야. 신문 기사에서 네가 한 말을 곰곰이 되씹어 보았거든. 넌 굉장히 창의력이 풍부하고, 특별한 느낌이었어. 다른 사람을 얕잡아 보거나 스스로를 특별하다고 여기지도 않고 말이야. 난 그런 사람이 좋아.

내가 정기적으로 찾아가는 정신과의 상담 심리학자가 언젠가 내게 이런 말을 했어. 머릿속에 떠오르는 온갖 생각에 사로잡혀 혼란에 빠지지 말고, 가끔은 조용히 앉아 그것들을 하나하나 종이 위에 적어 보라고 말이야. 생각을 많이 하는 건 좋지만, 생각의 노예가 되는 건 좋지 않대. 그러면서 생각의 파편들이 금은보화라도 되는 양 착각하지 말라고 하더라. 그녀는 내 머릿속에 수많은 단어가 모여 산다고 했어. 그 단어들을 펜으로 종이에 옮겨 보면 머릿속에 있을 때는 흰옷을 입은 악마 같기만 한 생각도 그다지 위험하게 느껴지지 않을 거라고 했어. 그것들은 그저 내가 만들어 낸 상상의 산물일 뿐이라면서.

글쎄, 심리학자 말을 전부 믿지는 않지만, 완전히 틀린 말은 아닌 것 같았어. 그래서 네게 편지를 써야겠다고 마음먹은 거야. 그리고 나 자신에게 편지를 쓰는 것보다는 어딘가에 실제로 존재하는 사람에게 편지를 쓰는 게 더 알맞겠다는 생각도 들었고.

가끔은 타인의 답도 필요할 때가 있어. 솔직히 말하면, 난 이제 스스로 묻고 대답하는 일에 넌더리가 났거든.

나라는 존재는 내가 생각해도 수수께끼야. 사실 난 이 수수께끼를 풀려고 그리 노력하는 편도 아니란다.

너한테 답장을 받을 수 있으면 좋겠어.

편지 3

답장 잘 받았어. 특히 편지지가 마음에 들더라. 네가 곰 인형이 그려진 유치한 편지지에 답장을 쓰리라고는 생각도 못 했는데 말이야. 솔직히 그 곰 인형 편지지 덕분에 기분이 참 좋아졌어.

갑자기 궁금해진 건데, 만약 세 단어로 너를 표현하라면 너는 어떤 단어를 선택할래?

나를 표현하는 세 단어로는 '검은, 추한, 불행한'이 적절할 거야. 어쩌면 '비참한, 비참한, 비참한'이 될 수도 있고.

왜냐하면 난 엄마만 생각하면 비참해지거든. 아빠를 생각해도 마찬가지야. 나 자신을 생각하면 더 그렇지. 보통 사람들의 삶을 생각해도 비참한 기분이 드는 건 어쩔 수 없어.

왜 비참하냐고? 그건 내가 어떤 일에도 괘념치 않기 때문이야. 예를 들어 아침에 일어나야 할 시간인데도 침대에 누워 시간을 보낸다든지, 머리가 부스스해도 빗질할 생각을 않고, 몸이 더러워도, 양말이 짝짝이라도 신경 쓰지 않아. 등을 곧게 펴고 걷기, 가끔은 하늘을 보며 미소 짓기 따위는 생각지도 않지.

난 그런 일에 전혀 관심이 없어.

그리고 나랑은 상관없이 시간이 흐르지. 똑딱, 똑딱, 똑딱……, 지루해. 사는 게 지겨워.

오늘은 아주 우스꽝스러운 바지를 입었어. 엄마 바지야. 내 바지들은 하나같이 때가 묻었거나 엉덩이에 구멍이 났거든. 엄마 바지는 언제나 깨끗하고, 빳빳하게 다림질이 잘되어 있어. 엄마의 침실에 거울이 달린 커다란 옷장이 있는데, 그 안에 잘 다려진 옷들이 서점의 책처럼 차곡차곡 쌓여 있어.

우리 엄마 이름은 원래 '벤테'였어. 그런데 몇 년 전에 '베티나'로 개명했지.

베티나 프로스트. 엄마와 난 하루가 멀다 하고 말다툼을 해. 그렇다고 해서 엄마가 싫다는 건 아니야. 가끔은 엄마가 좀 불쌍하기도 해. 엄마의 어린 시절은 "할렐루야!" 하고 외칠 만큼 밝지 않았어. 알코올 의존증인 '마르깃' 이모 밑에서 사촌 '보르'와 함께 자랐대(물론 보르는 이모의 사랑을 독차지한 외동아들이었고, 엄마는 노예와 다름없는 생활을 했겠지). 다행히도 엄마는 누구에게도 뒤처지지 않을 만큼 외모가 뛰어났고, 그 덕에 일찍 사회생활을 시작할 수 있었나 봐. 남들보다 빨리 친구를 사귀고, 일자리도 쉽게 구할 수 있었겠지. 난 엄마가 삶을 상당히 불만에 찬 시선으로 보고 있다는 걸 쉽게 느낄 수 있어. 불행했던 어린 시절에 아무 도움도 주지 않았던 할머니에게도 꽤나 큰 반감을 품고 있는 것 같아. 문제는 그렇게 쌓아 온 불만을 나한테 퍼붓는다는 거지. 뭐, 내가 제일 만만하니까 그런 거겠지?

물론 그런 이유로 내가 머리에 총을 겨눈다거나 목을 매는 일은 없을 거야(내가 처한 상황을 생각하면 그게 아주 당연할 테지만 말이야).

신경 안정제를 너무 많이 먹지도 않을 거야. 이제부터는 적절한 양을 꼭 필요할 때만 먹겠다고 약속할게. 네가 원한다면 그 정도는 할 수 있어.

타자기로 쓴 편지를 받아 보니 기분이 어때? 내 타자기는 아주 오래된 거야. 여기저기 녹이 슬고, 자판은 덜거덕거리지. 하지만 이 타자기를 쓰다 보면 왠지 모를 그리움에 젖어 들어. 난 그런 느낌이 좋아. 요즘 것은 아니지만 여전히 내 눈앞에 존재하는 물건들에서 받는 느낌 말이야.

네 이야기를 좀 더 들려주지 않을래? 너와 네 삶에 대해서…….

편지 5

난 태어날 때부터 우울증에 시달린 것 같아. 나 자신이 혐오스러워. 부엌칼이나 면도칼로 손목을 긋기도 하고, 약을 과다 복용 한 적도 있어. 열한 살 때부터 정신 병원 아동과와 청소년과에 수도 없이 드나들었지. 지금은 성인과에 입원할 나이가 되었지만 말이야.

학교는 더 이상 안 가. 지금까지 출석한 날보다 결석한 날이 훨씬 많을 거야. 거의 포기 상태지. 언제 다시 학교에 정상적으로 다닐 수 있을지는 나도 모르겠어. 글쎄, 왜 죽고 싶어 하느냐고? 그건 나도 몰라. 그저 뭐라도 되고 싶은 마음뿐이야. 더 자유롭고 더 가벼운 무언가 말이야. 난 너와 달라. 난 내가 사람이라는 생각이 안 들어.

모든 게 시작되고 또 끝나는 지점은 영혼과 몸이 따로 떨어진 듯한 느낌이 드는 바로 그 순간인 것 같아. 그럴 때면 사람들은 극심한 외로움에 젖어 들지. 그래서 존재와 삶을 이해하려고 노력하고, 그 틀 속에 스스로를 끼워 맞추려고 애쓰게 되나 봐. 타인의 기대에 부응하려는 노력도 같은 의미로 해석할 수 있을 거야. 하지만 난 그 일에 항상 실패만 해 왔어. 아스팔트 위에 넘어져서 피가 흐르는 무릎의 상처를 홀로 감싸 쥐곤 했지.

난 신을 믿어. 내게는 선택의 여지가 없거든. 만약 내가 신을 믿지 않는다면 누구를 믿어야 할까? 우리 인간들?

나 자신을?

편지 7

네게 아이가 있다는 사실이 믿기지 않아. 네가 아이의 기저귀를 가는 모습은 상상조차 안 돼.

넌 굉장히 강인한 사람 같아.

네 아버지는 아주 멋진 분 같고. 네 얘기를 들으니, 직접 만나면 좋아하게 될 것 같은 느낌이 들어.

넌 참 복이 많아. 어머니는 예술가에, 아버지는 작가 지망생이잖니. 네 부모님은 창의력이 풍부한가 봐. 그러니 네가 창의력이 넘치는 건 전혀 이상한 일이 아니야. 우리 부모님한테는 무언가 스스로 창조하는 능력 같은 건 눈을 씻고 찾아봐도 없어. 그분들이 이 세상에서 뭔가 함께 만든 게 있다면 나밖에 없어. 젠장, 내가 왜 이러는지 이해되지 않니? 난 완전히 불량품이라고!

비록 우울증에 빠져 허덕이고 있지만, 나도 가끔은 기뻐할 때도 있어. 소리 내어 웃을 때도 있고. 지금도 웃고 있어. 나 자신을 비웃을 때도 있고, 자기들이 아주 잘난 줄 아는 사람들 때문에 웃을 때도 있어. 거만함과 악의를 동시에 담은 웃음이지. 그런 사람들을 보면 내가 그들보다 한 수 위라는 생각도 들고, 그들이 부럽다는 생각도 들어. 넌 우리 엄마가 살아 있어서 내가 부럽다고 했지? 원한다면 우리 엄마를 공짜로 가지렴. 정말 진심으로 하는 말이야. 하하! 거저 얻는 게 부담된다면 깎아 줄게. 벼룩시장에 광고를 내 볼까 싶기도 해. '매력적이지만 매우 한정된 잠재력을 지닌 대상으로, 최근에 외부 리모델링을 했음. 빠른 시일 내에 보수 공사가 요구됨.'

그런데 넌 죽는 게 두렵니?

편지 9

난 네가 여름이 올 때까지 살 수 있을 거라고 생각해. 난 앞날을 예언할 수 있거든. 하하! 넌 여름을 참 좋아하는구나. 여름뿐만이 아니라 삶과 너 자신을 사랑하는 것 같아. 그래, 무언가를 좋아한다는 건 아름다운 일이지. 사랑에 빠지면 우리 몸은 어떤 긍정적인 화학 물질을 만들어 낸대. 그러면 힘든 일도 더 잘 견뎌 낼 수 있다더라(어디서 읽은 적이 있어).

산다는 건 항상 정신을 바짝 차리고, 이성을 유지하는 일의 연속이라고 생각해. 머릿속에 떠오르는 별별 이상한 생각에 빠져 허우적거리다 보면 될 일도 안 되는 것 같아.

내가 두려워하는 게 뭐냐고?

난 사람들을 마주 보는 게 두려워. 사람들의 시선과 미소와 맞닥뜨리는 게 두렵단다. 학교에 가는 것, 잘 알지도 못하는 사람들과 만나서 이야기를 나누는 것, 그리고 쥐와 고양이, 햄스터도 무서워. 벌과 뱀도 질색하지.

버섯도 싫어해. 난 사는 게 겁나.

내가 가장 좋아하는 계절은 가을이야. 모든 것이 시들어 흙으로 변해 가는 시기이니까.

편지 11

난 삶을 사랑해 본 적이 없어. 오로지 죽음만을 염두에 두고 살아온 것 같아. 나 자신의 죽음 말이야.

죽음은 나를 배반하거나 버려두고 가지 않아. 오히려 두 팔 벌리고 나를 환영하지.

아주 오래 사귄 좋은 친구처럼.

감사하는 마음?

글쎄……, 난 언젠가는 죽을 수 있다는 사실에 감사해. 더 없느냐고? 음식과 옷, 이 나라의 평화, 뭐 그런 것들…….

그래, 중요한 거지. 하지만 내가 우울증에 시달릴 때면 그런 것들이 아무 의미도 없어져. 적어도 내겐 그래.

우울증에 걸리면 세상일이 모두 그저 그렇게 느껴져. 살아갈 의욕을 잃어버리게 되지. 필요하고 원하는 걸 모두 손에 넣어도 항상 무언가 중요한 게 빠진 듯한 느낌이야.

네게서 삶을 사랑한다는 말을 듣다니, 네가 존경스러울 따름이야. 병에 걸려 죽음을 기다리면서도 삶에 애착을 지닌다는 건 아무나 할 수 있는 일이 아니야.

우리가 죽으면 어떤 일을 겪을까? 한 줌 흙으로 변할까, 아니면 다른 생명으로 다시 태어날까? 꽃이나 별이 될 수도 있지 않을까? 어쩌면 천사가 될지도 몰라. 만약 사람 말고 다른 형태의 생명으로 다시 태어난다면, 난 해파리가 되고 싶어. 해파리 아니면 악어! 식충 식물이나 보아 뱀도 괜찮을 것 같아. 다른 사람을 놀라 자빠지게 할 수 있는 존재로 다시 태어나고 싶어.

편지 13

그래, 나도 인정해. 자살이 이 세상에서 가장 창의력이 부족한 일이라는 걸. 이미 수없이 많은 예술가들이 스스로 목숨을 끊었지. 나도 그 정도는 알아. 하지만 요한네……, 넌 내가 정말 자살하는 게 멋있어서 목숨을 끊으려는 줄 아니? 실비아 플라스처럼 되고 싶어서?

아니야, 그건 네가 잘못짚은 거야. 나를 불쌍히 여길 필요도 없어. 난 이 지구 상에서 둘째가라면 서러울 정도로 부유한 나라에서 살고 있잖아. 그렇지 않니? 엄밀히 따지면 내 삶은 그렇게 비참한 것도 아니야. 내 삶에는 무한한 가능성과 여기저기로 뻗은 새로운 길이 가득해. 하지만 내 가슴속에는 여전히 텅 빈 듯한 느낌뿐이지. 난 내 속에 고통을 가두어 두지 못해. 석탄처럼 거뭇거뭇한 그것을 가슴속에서 끄집어내야만 숨 쉴 수 있을 것 같아. 가끔 내 삶이 완전히 다른 곳에서 진행되고 있다는 공허한 느낌을 지울 수가 없어. 내 손은 세상 속으로, 남들 속으로 다가가지 못해. 그럴 때면 내가 살아 있다는 사실을 잊고만 싶어. 완전한 무(無)

의 상태로 돌아가고 싶어. 육체라는 껍데기를 지니고 있으면서도 존재감을 느끼지 못할 바에야, 아예 그 거죽을 벗어버리고 진짜 무의 상태로 돌아가는 게 더 낫겠다는 생각이 들어.

따지고 보면 이건 꽤 논리적인 생각이야. 그렇지 않니?

하지만 손목을 긋거나 약을 과다하게 삼킬 때마다 이전에도 셀 수 없이 많은 내 또래들이 같은 방법으로 자살했다는 사실이 떠올라. 그러면 내가 그다지 창의력이 풍부하지 않다는 생각이 들지. 얼마든지 다른 일을 할 수도 있을 텐데 말이야. 예를 들면, 우표나 만화책을 수집한다거나 꽃을 가꾼다거나, 또는 열성적으로 종교에 빠지거나 신문 배달을 할 수도 있을 텐데……. 물론 청소부라는 직업도 꽤 괜찮을 것 같아.

그렇지만 이미 늦어 버렸는지도 몰라. 이미 했던 얘기를 또 하고 싶은 생각은 없어. 불안과 우울증, 공허감에 얽힌 내 지난 얘기들 말이야.

그래, 나의 부족한 점, 부적절한 점에 대해 변명하고 싶지는 않아.

(나 자신을 바꾸는 것도 두려워. 만약 내가 변해 버린다면 이미 익숙해진 작디작은 내 모습마저도 잃게 될 것 같아서야. 아무도 좋아하지 않는 이상한 성격이라서 속으로 은

근히 동정심을 품게 만드는 여자애가 바로 나야.)

하지만 넌 그럴 필요 없어.

갑자기 병에 걸렸다고 아인슈타인이 되는 것도 아니니까. 무슨 말인지 이해하겠니?

난 오히려 네가 안됐다고 생각해. 왜냐하면 넌 딸이 있잖아. 새파랗게 젊은 나이에 살날이 얼마 안 남았다는 사실도 내 맘을 뭉클하게 해. 아니, 그것보다는 너만 생각하면 화가 나. 그래, 난 자주 화를 내. 누군가 나를 업신여기거나 당찮은 말로 나를 깔아뭉개려 하면 화를 내곤 하지.

나도 아파. 하지만 난 몸이 아니라 마음이 아프지. 몸과 마음은 엄연히 다르지만, 아픈 건 마찬가지라고 생각해.

다른 방법으로……. 그래, 아픈 건 매한가지야. 그렇다고 네가 나를 측은하게 여겨 주길 바라는 건 아니야. 만약 너마저 나를 동정 어린 눈으로 바라본다면, 그나마 조금 남아 있던 삶의 의욕마저도 잃어버릴 것 같아. 넌 날 이해할 수 있겠지?

다음번에 내게 편지할 때, 오늘 내가 쓴 것들에 대해 일일이 답을 할 필요는 없어. 하지만 네가 한 번쯤은 내가 한 말들을 되새겨 보면 좋겠어. 난 네가 짐작하는 것보다 나 자신에 대해 더 많이 알고 있을지도 모른다는 점, 내 정체성과 존재감에 대해 네가 하나하나 짚어 주지 않아도 된다는 점

말이야. 그래, 난 이미 나에 대해 너무도 많은 것을 알고 있어. 내가 모르는 건 삶과 행복이야. 평범한 삶, 내게는 이상하게만 느껴지는 그런 삶 말이야. 그래, 그런 것들에 대해 내게 이야기해 줄래?

계속 편지를 주고받고 싶어.

언제 한번 만나고도 싶고. 참, 요니네의 아버지는 어떤 사람이니? 그냥 궁금해서…….

편지 15

지난 며칠 동안 많이 생각했어. 네가 어떻게 하루하루를 보낼지, '너'로 산다는 건 어떤 것일지에 대해서 말이야.

지난번 편지를 보내 놓고 많이 후회했어. 네게 상처를 주려던 건 아니었는데……. 그날은 왠지 종일 기분이 좋지 않았어.

이웃에 사는 '마틸데' 아주머니가 계단에서 미끄러지는 바람에 부축해 줘야만 했어. 그리고 병원 응급실에 전화해서 구급차를 불렀지. 공교롭게도 응급실에서 온 남자 둘은 내가 전부터 알던 사람이었어. 그런데 그 머저리 같은 사람들이 글쎄 날 보더니 뭐라고 했는지 아니? 나더러 좀 비켜 달라더라. 난 절대 바보처럼 그 자리를 떠나고 싶지 않았어. 이웃집 아주머니의 손을 꼭 잡고 끝까지 보살펴 주고 싶었단 말이야. 그분은 나이도 많고, 친구라곤 나와 고양이 한 마리밖에 없어. 그런데 나보고 자리를 비켜 달라니, 이게 말이 되니? 그렇게 무식한 똥차 같은 사람들한테는 화를 안 내려야 안 낼 수가 없다니까!

그래, 그날은 그 일로 하루 종일 기분이 찝찝했어. 그리고 너한테 화가 났던 것도 사실이야. 네가 보낸 편지 때문이지. 네가 날 오해하고 있다는 느낌을 지울 수가 없었거든.

난 네가 무슨 생각을 하며 어떻게 하루를 보내는지 몰라.

원치 않는 죽음을 기다리는 기분이 어떤 건지도 몰라. 난 너와는 반대로 원치 않는 삶을 살도록 만들어진 인간이야. 그런 운명이란 게 있다면 말이야…….

만약 오늘 내가 곧 죽을 운명이라는 메시지를 받는다면, 난 무슨 생각을 하고, 무엇을 느끼며, 또 어떤 일로 하루를 보내게 될까? 글쎄, 솔직히 잘 모르겠어. 아마 후련한 동시에 슬플 거야. 왜 후련하냐고? 삶에 대한 책임을 마침내 훌훌 털어 버릴 수 있게 되어서겠지. 슬픈 마음이 드는 건 언젠가는 지금보다 더 나은 날이 오겠지 하는 막연한 기다림과 더 나은 사람이 되기 위해 노력할 수 있는 길이 막혀 버리기 때문일 거야.

곧 죽을 운명이라는 말을 듣는다면, 난 지금껏 지녀 왔던 실오라기처럼 가느다란 희망마저도 잃고 말 거야.

넌 낮에 무얼 하며 시간을 보내니? 친구는 자주 만나?

심리학자가 나한테 우울증에서 완전히 벗어나지는 못할 거라더라. 상당히 고무적인 사실이지? 물론 지금 내가 반어적으로 말하고 있다는 걸 너도 알아채리라 믿어. 그 심리학자는 아주 지독하지만, 꽤 괜찮은 여자라는 느낌도 드는 사람이야. 이름은 '밀레 한센'. 자기가 아주 잘난 줄 아는 인간이지.

우리 엄마는 아침마다 거실 바닥에 앉아 요가를 해. 두 다리를 쫙 벌리고 등을 활처럼 구부린 다음, 눈을 지긋이 감고 숨쉬기 운동을 하지.

난 자주 엄마 옆에 앉아 그 모습을 감상하곤 해. 엄마 몸은 고무 같아. 힘들이지 않고 사방팔방으로 사지를 뻗는 걸 보고 있노라면 쑥쑥 자라는 식물 같다는 생각도 들어.

요가하는 엄마를 엄마가 아니라 화분에 담긴 식물이라고 생각하고 바라보는 일도 나쁘지 않아. 오히려 눈이 즐거울 정도지.

요가를 마치고 엄마가 눈을 뜨면 보기 좋던 그림도 사라져 버려. 엄마는 초점 없는 눈으로 나를 보면서 왜 그렇게 멍하니 앉아 자기를 보고 있느냐고 물어.

"왜? 왜?"

내가 어떻게 생겼느냐고 물었지? 우리 엄마는 나보고 길거리 거지 같대. (할렐루야! 아멘!)

난 검정 옷만 입어. 오색찬란한 무지개색으로 꾸미고 싶지 않아. 사실 알록달록한 색을 싫어해. 머리가 어질어질하거든. 여자답게 꾸미는 건 더 싫어. 귀엽고 아름답고 완벽한 여성의 미가 어쩌고저쩌고하는 소리를 들으면 구토가 치밀 것만 같아.

내 머리는 아주 짧아. 긴 머리를 손질하기가 귀찮아서지. 머리에는 아예 손을 안 댄다는 게 더 정확할 거야. 대머리처럼 머리를 빡빡 깎는 게 더 좋겠다는 생각도 했어. 엄마는 대머리로 지낼 거면 차라리 집을 나가래.

난 배우나 스턴트우먼이 될 생각도 해 봤어. 내 몸에 불을 지르거나 발등에 칼을 꽂는 일, 또는 깨진 유리 조각 위에 털썩 주저앉는 일도 할 수 있을 것 같아. 난 다른 사람들이 날 어떻게 생각하는지는 조금도 신경 안 써. 엄마, 정신과 의사, 밀레 씨, 그리고 아빠가 날 어떻게 생각하는지도 마음에 두지 않지. 그러니까 그들도 내가 무얼 하든, 무슨 생각을 하든 가만히 놔뒀으면 좋겠어. 우리 아빠는 엄마보다 열 살이 더 많아. 지금은 아프리카 어딘가에 살고 있어(그렇다고 우리 아빠가 흑인이라는 말은 아니야. 그냥 거기에 일자리를 구해서 그곳에 사는 거야). 아빠의 새 부인은 나보다 한 살인가 두 살이 더 많아. 난 아빠와 연락을 자주 안 해. 그래서 아빠가 어떤 사람인지 잘 몰라. 1년 전쯤에 한 번 만났는데, 엄청 긴 수염이 인상적이었어. 피곤해 보이기도 했고, 화가 잔뜩 난 것처럼 보이기도 했지.

아빠는 꽤 부자야. 내 눈앞에서 지폐를 마구 흔드는 게 취

미알 정도로.

돈……. 그래, 돈은 꽤 매혹적이지. 난 수중에 돈이 많으면 행복해. 내 맘대로 이것저것 살 수 있으니까. 낡은 타자기, 구식 만년필과 편지지, 곰팡이가 피고 먼지가 잔뜩 묻고 유행이 지난 검정 옷들을 살 수 있거든. 한 세기나 묵은 땀과 피, 그리고 죽음, 이런 것들도…….

편지 17

네게 편지를 쓰는 게 점점 좋아져. 누군가에게 편지를 쓰는 건 상당히 근본적인 일 같아. 구식 타자기로 작고 검은 글자들을 하얀 종이 위에 찍어 나가는 일 말이야. 종이를 접어 봉투에 넣고, 겉봉에는 손으로 직접 주소를 쓰지. 난 신기술을 안 좋아해. 컴퓨터라든가 최신 휴대 전화 같은 것들 말이야. 그건 아마도 나를 뺀 대부분의 사람들이 그런 것에 목숨 걸 듯 매달려 사는 것 같은 느낌 때문일 거야. 난 이런 저런 물건들을 직접 손으로 만지고 느끼는 걸 더 좋아해. 함께 호흡하는 느낌을 좋아하지(타자기나 붓, 종이, 책 등을 만지면서 말이야).

밀레 씨는 나한테 참 재능이 많은 아이라는 말을 자주 해. 내가 잘하는 게 셀 수 없이 많다고 칭찬하지. 샘이 날 정도래. 난 스케치도 하고, 그림도 그리고, 직접 노래도 부르고, 작곡도 해. 기타와 피아노도 치고, 무용도 하지. 가끔은 시를 쓰며 장래에 배우가 되는 꿈을 꾸기도 하고. 난 어릴 때부터 연극반에서 활동했어. 무대에 설 때마다 엄마는 내가 공주 역을 맡기를 원했어(신데렐라, 백설 공주, 잠자는 숲 속의 미녀 같은 역할 말이야). 하지만 난 그런 역과는 거리가 멀었어. 항상 자진해서 악당이나 트롤(북유럽 전설에 등장하는 인간과 비슷한 모습의 거인족 : 옮긴이), 아니면 마녀 역을 맡곤 했지. 그런 역을 맡으면 무대 위에서 마음껏 고함을 질러도 이상하게 보는 사람이 없으니까.

어쩌면 무대 위에서의 그런 역할들이 내 현실 생활에도 영향을 끼쳤을지 몰라. 발길질로 대문을 부수고, 창문을 깨고, 망치로 의자를 산산조각 냈던 일들을 생각하면 전혀 일리가 없는 말도 아니야.

병원에서 나를 담당하는 '페더'라는 의사가 글쎄, 나더러 뭐라고 했는지 아니? 이제 더 이상 바보처럼 살지 말래. 내 생활 방식과 사고방식을 바꾸지 않는 이상 내 미래는 불 보듯 뻔하다고 대놓고 말하더라니까.

"살갗이 찢어지면 꿰맬 수 있지만, 마음에 상처를 입으면 고칠 방법이 없단다. 제니, 이 세상에는 너 말고도 수많은 사람들이 함께 숨 쉬고 있다는 걸 항상 기억하렴."

그래, 그가 이렇게 말했어. 머저리 같으니라고! 나이는 쉰 쯤 되었을까? 그에게는 아이 셋과 필라테스 강사로 일하는 부인이 있어. 시 변두리 산골짜기에 별장을 갖고 있고, 호수에 개인 보트를 띄우는 사람이지.

그는 항상 잘 다림질된 셔츠와 바지를 입고, 반질반질하게 닦은 신발을 신어. 그 나이 대 남자답지 않게 머리숱도 많지.

페더 씨가 싫은 건 아니야. 물론 좋지도 않지만. 내게 삶에 대해 이러쿵저러쿵 잔소리할 때면 그가 미워져. 왜냐면 그는 내가 아니거든. 그가 내 삶을 대신 살아 주는 것도 아니잖아. 아마 그는 자기가 누구인지도 잘 모르는 게 확실해. 오색찬란한 파스텔 톤으로 꾸며진 삶을 사는 사람, 문제라고 해 봤자 현미경으로 들여다봐야 겨우 보일 정도로 조그마한 것들만 가진 사람. 그래, 페더 씨는 바로 그런 사람이야.

하지만 그의 말에도 일리는 있어. 예를 들면, 이 세상에 나만 숨 쉬고 있는 게 아니라는 것 말이야.

사람들이 너를 병자라고 측은하게 보는 데 넌더리가 난다는 말, 이해돼. 사람들은 죽음을 눈앞에 둔 이들을 평범하고 진솔한 태도로 대할 수 없나 봐. 그런 점에서 보면 내가 죽을병에 걸리지 않았다는 사실에 감사해야겠지. 만약 사람들이 나를 측은하게 여기고 가식적으로 대한다면, 무덤에 들어가기도 전에 죽는 것과 다름없을 거야.

따지고 보면, 계속 숨 쉴 수 있다는 데 일종의 죄의식을 느끼는 그들이 더 불쌍하지 않니?

편지 19

우리 엄마 애인은 이름이 '킴'이야. 온몸이 울룩불룩한 근육으로 뒤덮여 있고, 머리는 새끼손톱만큼 작아. 머릿속에 든 내용물은 그보다 더 작고. 킴은 엄마보다 열 살 아래고, 판매원으로 일하고 있지.

킴은 나를 안 좋아해. 나를 마치 낯선 나라에서 온 이상한 동물인 양 쳐다본다니까.

엄마는 내가 부끄러운 모양이야. 하지만 난 상관 안 해. 킴! 킴이라니, 정말 개성이라곤 눈곱만큼도 없는 이름 같지 않니?

어제 킴이 나한테 뭐라고 했는지 아니? 가만 보면 상당히 예쁜 얼굴인데, 내가 그걸 감추는 데 엄청난 재능을 발휘하고 있다는 거야. 난 킴에게 가운뎃손가락을 들어 보였지. 그러자 그도 내게 가운뎃손가락을 들이밀면서 화난 표정으로 나를 쏘아보더라. 킴은 패배자의 전형을 보여 주는 인간이야. 난 그런 인간에게 예쁘게 보이고 싶지 않아. 오히려 구토가 치밀 정도로 못나게 보이고 싶은 마음뿐이지. 못난이,

못난이, 못난이 소녀! 스웨덴 출신의 시인 '카린 보이에' 작품 중에 〈못난이 소녀〉라는 시가 있어. 스웨덴에서 '못난이'라는 말이 또 다른 뜻으로 쓰인다는 걸 어디선가 들은 적이 있어. '사악한'이라는 뜻이었던 것 같아.

넌 화장하는 게 좋다고 했지?

난 화장을 싫어해. 하지만 내가 사내애처럼 아무렇게나 하고 다니기 때문에 꾸미길 좋아하는 애들을 싫어하는 건 아니야. 난 네 생활 방식을 존중해. 어떤 면에서는 너를 이해할 것도 같아. 죽음을 앞둔 시점에서 만화 주인공처럼 살아 보고 싶다는 네 심정을 말이야. 하긴 우리가 살고 있는 세상은 이미 병이 들대로 들었다 해도 과언이 아닐 거야. 외모에만 신경 쓰는 사회, 커다란 젖가슴과 윤기가 잘잘 흐르는 통통한 입술이면 모든 게 통하는 사회가 아니겠니? 할리우드 배우들은 더 가관이지. 거기는 성형 인간들로 넘쳐 나는 플라스틱 동네잖아. 파멜라 앤더슨, 제니퍼 로페즈, 돌리 파튼 등등. 난 그런 사람들을 보면 웃음을 참을 수가 없어. 왜냐고? 그런 이들의 외모가 완벽한 미모의 기준인 양 여겨지는데 어떻게 웃지 않을 수 있겠니?

난 그런 배우가 되긴 싫어. 난 음울하고, 빼빼 마르고, 자못 심각하며, 조금은 특이하게 보이는 배우가 되어서 사이코 영화에 출연하고 싶어. 그래, 나한테는 그런 역이 어울려. 난 코미디와는 거리가 멀어. 차라리 쓰레기 같은 사이코 영화가 어울리지. (하하!)

근데, 그런 장르가 따로 있는지는 모르겠어. 사실 1년 전쯤 영화에 한 번 출연한 적이 있단다. 이상한 중세 시대 옷을 입고 단역으로 출연했어.

그런데 영화가 개봉되고 나서 보니까 내가 나온 장면이 잘렸더라. 하지만 뭐 개의치 않아. 내가 그 영화에 단역으로나마 출연했던 건 순전히 친구 때문이었거든. '아레'라는 좀 이상한 친구지. 그 애가 나더러 함께 출연하자고 해서 재미 삼아 해 본 거였어. 아레는 지금 저세상으로 가고 없어. 약을 술이랑 같이 과다 복용 했거든. 우울증 때문이었어. 우울증에 시달리다 보면 그런 일이 생기기도 해. 솔직히 말해서, 난 걔가 부러워. 아레의 시신은 숨을 거둔 지 일주일이나 지나서 발견되었지. 모자를 쓴 채 곰 인형을 꼭 끌어안고 핏기라곤 하나도 없이 침대에 누워 있었대.

난 아레가 죽었다는 소식을 듣고도 전혀 슬프지 않았어. 왜냐하면 아레가 늘 죽고 싶어 했다는 걸 잘 알고 있었거든. 장례식에 참석해서 울음을 그치지 못하는 그 애의 부모님, 여동생과 인사를 나누었어. 식장을 나서면서 포옹해 주었더니 나를 이상한 눈초리로 바라보더라. 아마 내가 누군지 몰랐을 거야. 난 먼저 세상을 떠난 수많은 사람들을 알고 있어. 넌 내가 삶을 사랑할 수 있을 거라고 생각하니? 정말 그런 날이 올 거라고 믿니?

내가 결혼을 하고, 자식을 낳고, 가정을 이루고, 산골짜기에 별장을 마련해서 눈 위로 흘러내리는 잔머리를 우아하고 고상하게, 그리고 조금은 우울한 몸짓으로 걷어 올리는 그런 여자가 될 수 있을 거라고 믿는 거니?

만약 그런 날이 정말 온다면, 난 권총으로 자살해 버릴지도 몰라. 그래, 그게 지금 내 생각이야. 외형적인 것에 온갖 신경을 쏟아야 하는 암탉 같은 삶을 사느니, 홀로 외롭게 세상을 저버리는 게 낫다고 생각해.

난 좀처럼 만족을 못 해. 문제는 바로 그거야. 무언가 새로운 것, 다른 것을 항상 손에 넣어야만 해.

이런 나를 이해할 수 있겠니?

나한테 자식이 없어서 다행이야. 만약 지금 내가 임신한다면 아마 당장 병원으로 달려가 유산시키고 말 거야.

임신 자체가 싫다기보다는 엄마가 될 자신이 없기 때문이야. 아기에게 젖을 먹이고, 옷을 단정하게 입히고, 사랑으로 보살핀다는 건 생각할 수조차 없어. 만약 나한테 자식이 생기면……, 아, 그 애가 불쌍해. 아마 나 때문에 형편없는 삶을 살게 될 거야. 상처 입은 영혼에 뻥 뚫린 구멍, 결코 새살이 돋지 않는 그런 구멍을 지닌 사람이 될 거야…….

편지 21

오늘은 하루 종일 엄마가 불쾌해했어. 새로 옮긴 직장에서 스트레스를 받은 모양이야. 엄마는 사설 살롱에서 피부관리사로 일하는데, 동료들이 모두 20대 초반의 젊은이들이래. 그들은 손님과의 교감은 뒷전이고, 손님을 대하는 요령조차 모를 만큼 세상 물정에 깜깜하다고 불평했어. 난 늘 그랬듯 지금 창틀에 앉아 너에게 편지를 쓰고 있어. 창밖의 풍경과 아래쪽 거리를 바라보면서 말이야. 거리를 걷고 있는 사람들은 모두 귀족처럼 치장했어. 올림머리를 하고 진주 귀걸이를 단 여자들, 값비싼 외투와 큰 핸드백……. 모두 제정신이 아닌 것 같아. 해가 뜨든 지든 상관없이 선글라스를 걸쳐야 만족하는 사람들, 반짝대는 립글로스를 바른 사람들, 자기밖에 모르는 사람들, 슬픔이 뭔지도 모르면서 젊고 멋지고 아름답게 살고 있다고 자부하는 사람들…….

난 저런 사람들과는 차원이 달라. 난 항상 우울하고, 불평불만을 달고 다니고, 멋진 것과는 거리가 먼 인간이지.

너도 저들의 무리에 속하니? 항상 팬클럽 회원을 모집하려고 혈안이 된 듯한 사람들 말이야. 글쎄, 내 생각이지만, 넌 저렇게 머리가 텅 빈 사람들과는 다를 거야. 넌 아주 희귀한 한 마리의 새 같아. 아 참! 너, 청소부로 일한다고 했지? 멋있어! 화장실을 청소한다고? 난 네가 존경스러워. 너의 소박한 야망에 존경심마저 느낀단다. 세상 모든 이들이 너 같으면 얼마나 좋을까!

아무 이유도 없이 만족스럽게 꼬리를 흔드는 강아지가 생각나.

난 요즘 너에게 편지하는 일에 거의 정신이 홀린 것 같아. 다른 일에는 신경도 안 쓰고, 또 쓰고 싶지도 않아. 아마 곧 네가 이 세상에서 사라질 거라는 생각 때문인 듯해. 난 바쁜 것하고는 거리가 멀어. 시간만 무지 많은 사람이지. 그래, 너에게 모든 걸 다 털어놓을게.

편지 23

우리 가족에 대한 결론 : 엄마? 뇌 실신 상태, 공주병 환자, 죽었다 깨어나도 자기가 우아한 귀족이라고 착각할 하녀. 아빠? 사회성이 전혀 없는 돈벌레, 남성 우월주의자. 나? 상습적인 자살 시도자, 자아 파괴적인데다 이기적이며, 인간성 불량에 패배주의자. 개똥철학에 불만 사항을 더해 가시 돋힌 말을 시도 때도 없이 쏟아 내는 걸로 자신은 물론 타인에게 흥미로운 눈길을 받는 자.

그건 그렇고, 네 고모는 네 말처럼 그렇게 나쁜 사람은 아닌 것 같아. 비록 그녀의 삶이 외로움과 불만으로 가득 차 있더라도 됨됨이가 나쁘다고 볼 수는 없잖아.

내 생각에는 네 고모가 동유럽 사회를 반영한 사실적인 드라마 영화의 주인공으로 손색이 없을 것 같아.

그녀의 두 눈동자나 살이 많은 이중 턱을 크게 잡은 장면에서 사람들은 실제로 그녀의 내면이 얼마나 아름다운지 문득 발견하게 될지도 몰라. 조금은 게으르고 융통성이 없지만, 나름대로 인간미를 잔뜩 풍기는 그런 사람 말이야. 피아

노나 첼로 연주가 감미롭게 흐르는 가운데 배경이 서로 기분 좋게 오버랩되는 장면이라면, 슬픔을 담은 그녀의 커다란 눈동자가 반짝이는 작은 별처럼 보이기에 충분할 거라고 생각해. 로맨틱 코미디 영화의 주제로 적절치 않다고 해서 선입견을 가지고 타인의 삶을 바라보는 건 정말 불공평해. 솔직히 말하면, 예전에는 나도 선입견으로 똘똘 뭉쳐 있었단다. 하지만 지금은 안 그래.

어쨌거나 네 고모는 '행복'이라는 복권에 당첨되지 않은 삶의 패배자처럼 보이긴 해. 하지만 마지막에 가서는 이른바 패배자 취급을 받던 사람들이 진정한 행복을 거머쥐는 경우가 종종 있다는 걸 잊지 마. 실제로 심적 장애자 판정을 받은 한 농부가 복권에 당첨돼 백만장자가 되었다는 얘기도 들어 본 적 있으니까. 머지않아 네 고모는 살을 쭉 빼고 그토록 꿈꾸어 온 결혼도 해서 현기증이 날 정도로 행복하게 살지도 몰라. 그래, 세상일을 누가 알겠니?

난 결혼할 마음이 없어. 절대로 결혼은 안 할 거야.

난 남자가 싫어. 남자들은 하나같이 배는 뒤룩뒤룩 불거져 나오고, 몸에 털이 더부룩한 멍청이들이야. 왜 신이 남자를 만들었는지 알다가도 모르겠어. 남자들은 죄다 패배자라고 해도 과언이 아니야. 만약 내가 남자로 태어났다면, 난 군말 없이 집을 깨끗하게 청소하고, 셔츠를 다리고, 정성껏 음식을 만드는 상냥한 여인을 만나야 살 수 있을 거야. 매일 밤 잠자리에 들기 전에 내 뺨을 사랑스레 쓰다듬어 주는 여인 말이야.

하하! (이렇게 써 놓고 보니 남자로 태어났더라면 더 좋았겠다 싶네.) 남자든 여자든, 죽음이든 삶이든……, 난 나일 수밖에 없어. 약간의 정열과 제법 많은 양의 체념으로 이루어진 어쩔 수 없는 나…….

편지 25

자식을 남겨 두고 세상을 떠나야만 하는 심정이란 어떤 걸까? 말할 수 없이 비참할 것 같아. 만약 우리 엄마가 그 입장이라면 그토록 비참함을 느낄지 의문이야. 하지만 정상적인 여자라면 분명 처절한 슬픔을 느끼겠지. 엄마가 되면 자기 자신보다는 자식을 더 생각하기 마련이라고 들었어. 정말 그러니? 나도 아이를 낳을까 봐. 그러면 지금보다는 더 열심히 살 수 있을지도 몰라. 아이 때문에라도 말이야. 삶을 감싸 안고 하루하루를 단짝처럼 보듬으며 살게 될지 누가 알아? 물론 내게도 꿈이 있어. 무언가 기억에 남을 만한 중요한 일을 하고 싶어. 조금은 어리석고 먼 일처럼 들리기도 하겠지만, 나는 훗날 다른 사람들의 기억 속에 자리 잡을 수 있는 중요한 일을 하고 싶어.

어떤 의미가 있는 일. 오직 나만이 할 수 있는 일. 이 세상에 중대하고도 보편적인 영향을 미칠 수 있는 일 말이야. 일반인과는 조금 다른 삶을 살면서 그들의 존경을 받고 싶어. 그렇게 된다면 난 나만 생각하며 사는 태도를 그칠지도 몰

라. 난 타인의 눈으로 나를 바라보면서, 세상에 냉담하고 무관심한 나 자신을 지키기 위해 필요한 모든 대답을 이미 찾아냈단다.

그걸 딱 잘라서 한마디로 설명하긴 어려워. 난 사람들이 나를 좋아해 주길 바라. 내가 그들을 이해하는 것만큼 나도 이해받고 싶어. 예를 들어, 무대에서 내가 피루엣(한 발을 축으로 팽이처럼 도는 발레 동작 : 옮긴이) 하나를 성공했을 때, 사람들에게 진심에서 우러나오는 박수갈채를 받고 싶어.

내가 특별히 예뻐서가 아니라 균형을 잘 잡은 걸 칭찬하는 그런 박수 말이야.

편지 27

나이를 먹고 백발이 되어 회색빛 세상을 사는 게 네 꿈이라고? 그게 정말이니? 그렇다면 넌 정말 재미없는 사람이 틀림없어. 하하, 아니야. 재미없다기보다는 특별하다고 하는 게 더 정확할 것 같아. 열일곱 살 소녀치고 너 같은 생각을 가진 애는 거의 없을 거야.

하지만 난 널 이해할 수 있어. 죽지 않고 살고 싶은 거지? 그 말을 하고 싶은 거지? 구구절절 자세한 얘기를 늘어놓아 봤자 시간 낭비일 뿐, 요점은 바로 그거라고 생각해.

내 꿈은 전에도 말했듯이 배우가 되는 거야.

내가 좋아하는 배우는 마리아 보네비, 페르닐라 아우구스트, 레나 엔드레 등이야. 벌써 짐작했을지도 모르지만, 난 스웨덴적인 것들, 예를 들어 어두운 내면을 보기 좋게 덮고 있는 옅은 금발이나 빛나는 외모 등에 무조건 반대해. 난 '버그만'적인 영화가 좋아. 버그만이 만든 영화 본 적 있니? 난 그가 천재라고 생각해. 그의 영화라면 무조건 다 좋아. 그의 영화를 보고 있으면 삶을 조금 더 긍정적인 시선으로 보게 되는 것 같아. 초현실적인 존재로 변하는 듯한 느낌도 들지. 하지만 그의 영화에 출연하라면 그건 또 못할 것 같아. 난 그가 요구하는 인물의 성격에 비해 지나치게 감성적인 데다가 사악하고 이기적이기 때문이지.

내가 배우가 되려는 진짜 이유는 좀 더 현명해지고 싶어서야. 배우가 되면 내 정체성을 더 확고히 할 수 있을지도 몰라.

배우가 돼서 내가 아닌 타인의 감정과 성격을 연기하다 보면 시야를 더 넓힐 수 있어. 일종의 '성장'이라고 말할 수 있지. 연기할 때만이 아니라 연기하지 않을 때도 말이야. 왜냐하면 타인의 감성을 담는다 하더라도 내 몸은 변하지 않고 그대로 있을 테니까. 영화 속에서 경험하는 일이 나에게는 실제로 겪는 일이라 해도 과언이 아닐 거야. 작품이 끝나더라도 그 경험이 사라지는 건 아니잖아. 물론 몸이 더 성장한다는 의미는 아니야. 하지만 내 영혼은 조금씩 조금씩 자라겠지. 내 영혼은 심장 속에서, 간 속에서, 창자 속에서 자라나 나라는 존재를 살아 움직이게 할 거야(이상하게 들릴지도 모르겠지만, 적어도 난 그렇게 생각해).

오늘 엄마가 잔뜩 풀이 죽어서 내 방에 들어오더니 침대 난간에 턱 걸터앉아 눈썹을 만지작거리더라. 그거? 가짜 눈썹이야! 나더러 한쪽 눈썹이 잘못 붙은 것 같으니 제대로 잘 붙여 달라고 하더라. 그래서 엄마 옆에 바짝 붙어 앉아 눈썹을 바로 붙여 주었어. 이미 수천 번 했던 일이라 이젠 눈 감고도 할 수 있어. 그 눈썹 때문에 엄마의 충혈된 눈에서 눈물이 주르륵 흘러내렸지.

"그런데 넌 요즘 어떻게 지내니?"

갑자기 엄마가 내 다리를 쓰다듬으며 그렇게 묻지 뭐니.

난 아무 말도 못 하고 그냥 비뚠 미소만 지었어. 바닥만 보면서. 뭐라고 말해야 할지 아무 생각도 안 났어.

엄마는 피부 관리사 일을 그만두고 대학에서 다시 공부하고 싶다고 했어. 하지만 당장 일을 그만두고 공부를 시작할 만큼의 경제적 여유가 있는지는 확신할 수 없다고 덧붙였지.

"난 항상 숫자를 좋아했어."

엄마가 손톱을 자근자근 깨물며 고백하더라.

"넌 어떻게 생각하니? 너도 내가 다시 수학 공부를 시작하기에는 너무 늙었다고 생각하니?"

세상에! 도대체 이건 또 뭐야? 숫자? 만약 엄마가 정말 숫자를 좋아했다면, 그 숫자 뒤에는 셀 수 없이 많은 '0'이 주르륵 늘어서 있었을 거라는 생각을 떨칠 수가 없었어.

하지만 난 아무 말 안 했어. 그저 어깨만 으쓱해 보였지.

편지 29

오늘 엄마가 나더러 나가서 살면 어떻겠냐고 조심스럽게 물었어. 앞으로 킴이 우리 집에 들어와서 살 예정인데, 킴은 아이를 싫어한대. 물론 나도 나가서 살고 싶어. 하지만 너무너무 귀찮아. 물건을 하나하나 정리해서 가방이나 상자에 넣고 옮기는 일 말이야. 아무 생각 없이 하루 종일 잠만 자고 싶어. 그래서 내가 어디서 왔는지, 어디로 갈 건지, 또 내가 누군지도 잊고 싶을 뿐이야.

"너도 이제 네 삶을 스스로 개척할 나이가 되었잖아. 폴케회이스콜레(주로 고등학교를 졸업한 학생들이 진로를 정해 대학에 들어가기 전에 잠시 거치는 비의무적 단기 교육 과정 : 옮긴이)라도 들어가 보는 게 어때? 거기에서 음악을 공부해 보는 것도 좋을 것 같은데……. 넌 노래 잘하잖아."

"전 제가 하고 싶은 게 뭔지 잘 알아요. 음악 공부 같은 건 할 생각 없다고요. 차라리 변기 수리공이 되었으면 되었지……."

엄마는 내 말을 듣더니 울기 시작했어. 젠장, 아직도 울고 있어. 엄마는 왜 내가 힘들어하고, 모든 일에 빈정거리고, 냉담할 수밖에 없는지 이해를 못 해. 난 엄마의 눈물을 보면 내가 엄마의 신발에 묻어 천천히 굳어 가고 있는 설사 똥이 된 기분이야.

난 자전거 타는 거 안 좋아해. 페달에 두 발을 얹고 바퀴를 굴리는 게 나랑은 안 어울리는 것 같아. 자전거는 쉴 새 없이 페달을 밟아야만 앞으로 나갈 수 있어서 지루하고 피곤해. 1~2미터만 바퀴를 굴려도 분명 숨차서 헉헉댈 거야. 내 건강은 이미 나빠질 대로 나빠져서 고양이 오줌처럼 역겨운 냄새가 날 지경이야.

곧 가게로 가서 생리대를 사야 해. 마치 흡혈귀가 된 기분이야. 이럴 때면 남자로 태어났더라면 얼마나 좋았을까 하는 아쉬움이 커. 커다란 여드름에 역겨운 입 냄새를 풍기는 사춘기 소년이 떠오르긴 하지만 말이야. 그런데 성전환 수술을 하려면 돈이 얼마나 들까? 남자가 된 내 모습을 상상해 봤어. 기름진 뱃살에 머리숱이 많은 구식의 중년 남자가 떠오르는 건 왜일까……?

어쨌거나 난 행복해질 수 있을 거야. 사회성이라고는 전혀 찾아볼 수 없는 여드름투성이 10대 후반 소년으로 지낼 수 있다면 말이야. 그러면 나한테는 나 자신을 불쌍히 여길 충분한 이유가 생기는 셈이거든.

여자의 모습으로 산다는 건 너무나 뻔한 일일 수밖에 없어. 값비싼 화초가 시들지 않도록 매일매일 물을 주고 애지중지하는 그런 시답잖은 일에 신경을 써야 하는 머저리일 수밖에 없다고.

편지 31

죽음에 대한 책을 읽었다고? 난 자살에 대한 책을 읽었어. 책에 자살하는 방법이 여러 가지 적혀 있더라. 몇 가지 예를 들어 볼게. 가슴에 안전핀을 꽂는다. 펄펄 끓는 물을 단숨에 마신다. 목구멍에 빗자루를 집어넣는다. 다이너마이트, 석탄 덩어리, 침대보, 또는 속옷을 삼킨다. 머리카락을 뽑아 삼킨다. 드릴로 머리에 구멍을 뚫는다. 동맥에 마요네즈와 땅콩버터를 주입한다. 화산에 뛰어든다.

엄청 기괴하지 않니?

쇼펜하우어는 자살이 일종의 실험이라고 했고, 프로이트는 자살이 타살의 근원이라고 했어. 난 일반적으로 자살이 과대평가되고 있다고 생각해. 난 자살이 자연스러운 거라고 생각하거든. 스스로 죽음을 선택하는 건 스스로 삶을 선택하는 것과 다를 게 없으니까. 둘 중 하나를 선택하는 건데 왜 그리 이상하다고 하는지 모르겠어. 적어도 자살 충동을 병으로 보지 않았으면 좋겠어. 난 오히려 자살하려는 사람들을 병자처럼 바라보면서 이상하다거나 측은하게 여기는 사람들이 더 이상하다고 생각해. 죽음 자체는 전혀 이상한 게 아니잖아. 어쨌든 자살에 대한 책은 꽤 흥미로웠어. 아주 심각하게 읽었지. 솔직히 난 자살 행위 자체는 관심 없어. 내가 관심을 두는 건 자살의 결과, 즉 '죽음'이야.

난 인터넷 자살 포럼에 가입해서 채팅하는 일 따위는 안 해. 예전에는 인터넷 자살 카페에 가입해서 가끔 채팅도 하고 글도 올렸는데, 금방 시들시들해지더라고. 지금은 그만둔 지 오래됐어. 컴퓨터 앞에서 시간을 보내는 것도 지루하고 말이야. 난 자살을 광적으로 옹호하는 사이비 종교인과는 달라.

자살 카페에 가입해서 서로 채팅하는 사람들은 누군가 자신을 조금이라도 이해해 주길 바라는 마음인 것 같아. 하지만 난 기본적으로 그들의 생각이 틀렸다고 봐. 서로를 이해하기보다는 자살이라는 주제로 타인을 끌어들여서 그들의 생각과 감정에 영향을 끼치지. 그러다 보면 자기도 모르는 사이에 자기 주관을 잃어버리게 돼. 사이버 공간에 빠져들면 영혼을 상실하고, 시간이 지날수록 세상과 동떨어진 삶을 살게 되지. 요한네, 내가 너무 지루한 이야기만 쓰고 있지? 이해해 주렴.

난 더 이상 타인의 동의나 연민을 갈구하지 않아. 오히려 내게 자극을 주고, 나와는 반대되는 의견으로 내 사고를 넓혀 줄 수 있는 맞수를 원해. 같은 편이 되어 공놀이할 동료보다는, 서로 공을 빼앗고 자기 팀을 위해 골을 넣으려고 경쟁적으로 달리는 적군을 원하는 셈이지.

난 목욕을 안 해. 그래서 몸에서 냄새가 지독하게 나지. 하지만 난 즐겁기만 해. 바깥세상과 격리된 채 오로지 나만의 생활을 즐길 수 있으니까 말이야(한마디로 말해서, 난 지금 노숙자, 알코올 의존자, 또는 자제력을 잃은 창부와 같은 범주에 속해 있어).

어제 엄마와 킴이 나를 두고 말다툼을 벌였어. 킴은 내가 나가서 살아야 한다고 우겼어. 하지만 엄마는 아무 계획도 없이 나를 거리로 내몰 수는 없다고 맞섰지.

"얘는 내 자식이에요!"

킴이 무슨 말을 하든 엄마는 이 말만 되풀이했어.

킴은 엄마와 내가 뭔가를 단단히 오해하고 있다고 했어.

"너 정말 머리가 돌아 버린 거니?"

킴은 손가락으로 자기 머리를 가리키며 내가 미쳤다는 시늉을 해 보였어.

"쟤는 이제 더 이상 어린애가 아니라고요. 열일곱이나 돼가지고 하고 있는 꼬락서니라니……, 쯧쯧! 옛날 같으면 벌써 자식이 줄줄이 딸린 엄마가 됐을 나이에……."

엄마는 킴의 입에서 쏟아져 나오는 모욕적인 말을 막으

려고 고래고래 소리를 지르기 시작했어. 어쨌든 싫으나 좋으나 난 엄마 딸이니까.

나도 소리치면서 신발을 킴의 낯짝에 던져 버렸지. 그리고 벼락보다 더 빠르게 이 집에서 나가지 않으면 가만두지 않겠다고 마구 고함쳤어.

결국 킴은 붉으락푸르락하며 나가더라.

그러자 엄마가 계단까지 그를 따라 내려가서 돌아오라고 사정했어.

"제니는 곧 나가 살 거예요! 돌아와요. 내가 제니한테 잘 말할게요. 그러니 얼른 돌아오라고요!"

하지만 킴은 뒤도 돌아보지 않고 가 버렸어.

그 이후로 우리 집에 코빼기도 내밀지 않고 있지.

오늘 엄마는 텔레비전 앞에 앉아 닭똥 같은 눈물을 뚝뚝 흘렸어. 난 엄마에게 킴은 그런 대접을 받을 자격이 없다고 말했어. 킴한테 굽신굽신할 필요가 전혀 없다고 강조했지.

"엄마는 숫자가 좋다고 했죠?"

그러자 엄마 얼굴에 미소가 피어올랐어. 보일 듯 말 듯 희미한 미소였지만, 내가 지금껏 단 한 번도 보지 못했던 만족스러운 미소였단다.

편지 33

"넌 연약한 영혼을 고집 세고 강한 겉모습으로 잘 감추고 있어."

어제 밀레 씨가 조그마한 껌을 짝짝 씹으며 내게 말했어. 밀레 씨 말이 틀린 건 아니라고 봐. 난 상당히 감성적이거든. 죽음에 관해서는 그렇다고 할 수 없지만, 다른 것들에 대해서는 아주 민감하고 감성적이야. 빛과 어두움, 그리고 소리들.

난 누가 나를 놀래는 게 싫어.

시간에 쫓겨서 정신없이 서두르는 것도 싫고.

고정관념에 젖어 있는 사람들이 눈을 가늘게 뜨고 나를 바라보는 것도 싫어하지.

음식을 쩝쩝 소리 내서 먹는 사람도 싫어해.

난 인내심이 부족해. 그 밖에도 싫어하는 게 아주 많아.

밀레 씨는 내가 앞으로 변할 수 있을지 확신할 수 없다고 말했어. 그건 지금까지 내가 겪지 말아야 할 일들은 겪고, 겪어야 할 일들은 겪지 않았기 때문이래.

밀레 씨는 아주 심각하게 말했어.

"부정적인 경험들의 그림자가 손쓸 수 없을 만큼 커지게 되면 어떤 식으로든 고통받게 되어 있단다."

하지만 난 그 말에 동의 안 해. 내가 우울하고, 실존적인 질문들에 지나치게 골몰하는 건 천성이야.

내 부모님도 완벽하지 않아. 이 세상에는 어리석은 부모 밑에서 자랐더라도 나름대로 건전하게 성장한 성인들이 많이 있어. 그래서 난 내 부모님에게 책임을 돌리고 싶지는 않아. 밀레 씨는 내 비뚤어진 성격이 부모님 탓이라고 은근슬쩍 돌려 말해. 그런 말을 듣고 있노라면 짜증이 나서 견딜 수가 없어.

내 성격과 사고방식은 전적으로 내 책임이야. 인정하기는 싫지만, 그게 사실이야. 내가 이렇게 사는 건 참을 수 없을 만큼 게으르기 때문이야. 한마디로, 긍정적인 생각으로 건설적인 삶을 사는 것보다 부정적인 생각으로 똘똘 뭉쳐 자기 파괴적인 인간으로 사는 게 훨씬 쉽기 때문이지. 난 가끔 밀레 씨가 어딘가 좀 모자라는 게 아닌가 생각할 때도 있어. 그녀는 책에서 읽었거나 세미나에서 주워들은 이야기를 자기 생각인 양 반복해서 읊어 대.

난 사람마다 다른 개성을 설명하려고 판에 박힌 피상적 이론을 들이대며 잘난 척하는 사람들을 못 믿겠어.

나는 그런 이론들이 필요한 게 아니야. 나한테 필요한 건 바로 영혼이 누릴 수 있는 평화와 심장에 힘을 실어 주는 희망이지. 하지만 밀레 씨에게 그런 것들을 기대할 수가 없어. 그래서 대안을 찾아야만 했지. 그 때문에 지금 네게 편지를 쓰는 거야.

난 매일 반 시간 정도를 할애해서 네게 편지를 써. 아주 빨리 쓰는 편이지. 내 머릿속 말들은 물처럼 손가락 사이로 흘러내려. 그래서 개울이 되고, 강이 되고, 결국은 말의 바다를 이루지. 난 항상 무언가를 써야만 해. 네게 편지를 쓰고, 메모를 하고, 낙서를 하지. 글쓰기를 좋아하지만, 네 아버지처럼 작가가 될 마음은 없어. 작가가 되려면 아주 논리적으로 사고할 수 있어야 해. 지금보다는 좀 더 조직적인 사고방식이 필요하겠지.

하지만 넌 틀림없이 작가가 될 수 있을 거야. 요즘 추세가 그렇잖아. 죽음을 앞둔 사람들이 자신의 삶과 생각, 감정을 책으로 엮어 내는 일이 유행처럼 번지고 있어. 사람들은 그런 책을 좋아해. 책 속 주인공이나 작가의 감정에 자신의 삶과 감정을 대입시키는 것을 좋아하기 때문이지. 그들이 바로 옆에 앉아 있기라도 한 듯 손뼉 쳐 주고, 머리를 쓰다듬어 주는 걸 좋아해. 그러면서 자기는 책 속 주인공보다 더 행복하고 나은 삶을 살고 있다는 데 은밀한 만족감을 느끼지. 그리고 갑자기 꿈에서 깨어난 것처럼 세상을 다른 눈으로 보기 시작해. 이건 힌트야. 책을 한번 써 보는 게 어때? 네가 책을 내면 내가 제일 먼저 서점으로 달려가 책을 살게. 난 슬픈 이야기가 좋아. 그리고 난 너를 무지 좋아하거든.

편지 35

사람들! 사람들은 항상 자기 생각밖에 안 해. 가끔은 타인을 염려하고 생각해 주는 척하지만, 사실 따지고 보면 그렇지도 않아. 진심은 아니면서, 적어도 자기만큼은 세상을 이기적으로 살지 않는다는 것을 남들에게 보이려 할 뿐이라고. 모두 엉터리지. 밀레 씨도 마찬가지야.

물론 어떤 면에서는 그녀를 이해할 수 있어. 아무리 이기적이고 욕심 많은 사람이라 해도, 적어도 말은 착하게 해야 하지 않겠어? 하지만 자기가 불행에 빠지게 되면 타인을 배려하는 마음 같은 건 순식간에 사라질 거야. 사람들이 다 그렇지 뭐…….

예를 들어, 밀레 씨가 나를 위하는 마음은 자기 자식들을 생각하는 마음과는 차원이 달라(그녀에게는 코흘리개 자식이 둘 있어. 카롤리네와 칼!). 밀레 씨가 아무리 나를 배려하고 생각한다 한들 절대 자기 남편이나 부모를 위하는 마음과는 같을 수가 없어. 그녀가 나를 위하는 마음은 환자를 대하는 의사의 마음에 불과해. 우연히 찾아온 환자의 말을 들어 주는 대가로 시간당 수십만 원씩 받는 사람일 뿐이지. 그녀는 돈이 필요하고, 돈을 벌려면 나나 내 문제가 필요해. 그 돈으로 카롤리네에게 앙증맞은 원피스를 사 주고, 칼에게는 빨간 소방차 장난감을 사 주겠지. 어쩌면 자신을 위해서 하이힐을 살지도 모르고.

이 모든 건 타인에 대한 배려심보다는 직업 정신과 관계된 거야. 배우가 연기를 하듯 말이야.

가끔 아주 평범하게 살고 싶을 때가 있어. 매사에 극적이고 과격한 태도로 달려들지 않는 보통 사람처럼 말이야. 너처럼 복식 호흡을 하고, 눈을 들어 하늘을 올려다보고, 문득 팔다리가 제대로 붙어 있다는 사실 하나에 행복할 수 있다면 얼마나 좋을까?

너를 생각하면 눈물이 쏟아질 것 같아. 아니, 이미 울고 있어. 난 평소에 잘 안 울어. 우는 일이 거의 없어. 하지만 지금은 눈물을 펑펑 쏟고 있어. 편지지에 눈물로 얼룩진 자국이 보이니? 그거 진짜야.

편지 37

파리, 파리, 파리……. 이를 어쩌니, 파리에 갈 수 없어서…….

다음 생에 다시 태어나면 파리에 꼭 한번 가 봐. 어쩌면 거기에서 살게 될지도 모르겠다. 빼빼 마른 프랑스 인으로 태어나서, 올림머리를 하고, 검정 타이츠에 반짝반짝 윤이 나는 검정 하이힐을 신은 날카롭고 지적인 여인이 되길 바랄게. 거리에서 마주치는 사람들이 모두들 한 번쯤 뒤돌아보겠지. 나도 그런 모습의 너를 만나고 싶어. 따사로움이라고는 눈곱만큼도 찾을 수 없는 냉정한 여인이라 할지라도 난 너를 힘껏 안아 줄 거야.

내게 친구가 있느냐고 물었지? 어떤 면에서는 나한테도 친구가 있긴 있어. 하지만 내가 친구라고 부르는 애들은 네 친구들과는 많이 다를 거야. 일반적인 시각으로 보자면, 이상하다는 말이 절로 나오는 사람들이지.

예를 들어, '크리스'는 우리와 동갑인데 아주 심한 우울증에 시달리고 있어. 혼자 딴 세상에서 사는 것 같은 애지. 자기가 '니세(트롤과 함께 노르웨이를 대표하는 상징적이고 가상적인 존재로 난쟁이 산타클로스의 모습을 하고 있다. 크리스마스이브에 대문 앞에 쌀죽을 내놓으면 몰래 와서 그릇을 비운 뒤 축복을 빌어 준다고 한다 : 옮긴이)'라고 생각해. 하지만 우리는 개의치 않아. 만나서 같이 줄담배를 피우고, 커피를 마시며, 베트남 전통 음악을 듣곤 하지. 대화는 별로 안 해.

크리스는 낡은 신문지나 화장지에 우울하고 무의미한 시를 자주 써. 종이를 사는 게 귀찮기도 하고, 한번 종이를 사다 쓰는 버릇을 들이면 돈이 한정 없이 나가기 때문이래. 크리스는 말도 못할 정도로 구두쇠야. 우리가 만나면 담배나 커피 값을 내는 건 항상 내 몫이지. 크리스의 어머니는 아주 상냥한 치과 의사야. 아버지는 소방수로 일하고, 매우 정상적인 사람이지. 크리스네 가족은 빛이 잘 드는 어마어마하게 넓은 집에서 살아. 녹색 식물들이 빽빽하고, 벽에는 미니멀리즘(되도록 소수의 단순한 요소로 최대 효과를 이루려는 사고방식 : 옮긴이)을 연상시키는 예술 작품들이 잔뜩 걸려 있지. 하지만 크리스는 그걸 안 좋아해. 자기가 보수적이라서 그렇다나. 가끔은 개 머리에 구멍이 날 만큼 한 대 힘껏 쥐어박고 싶을 때가 있어. 크리스는 꽤 응석받이지만, 난 개가 불쌍하다는 생각을 지울 수가 없어. 비록 크리스는 절대 그렇지 않다고 손사래를 치지만, 난 걔가 '정신적인 지진아' 라고 생각해. 걔를 볼 때마다 뇌를 정상적으로 작동시키는 근본적인 부분이 결핍돼 있어서 사회생활에 지장이 많겠다 싶거든.

난 크리스와(걔 원래 이름은 '크리스토퍼'야. 하지만 꽤 귀족적으로 들리는 자기 이름보다는 크리스로 불리기를 원해. 크리스가 훨씬 불량배 같은 느낌을 준다나……!) 거의 매일 만나. 우리가 자주 만나는 건 여러모로 편해서야. 크리스랑 같이 있으면 옷차림이나 외모 같은 것에 전혀 신경 쓰지 않아도 되거든. 그뿐만 아니라 같이 얘기하다 보면 내가 굉장히 똑똑하고 성숙한 사람처럼 느껴져. 도랑에 빠진 사람을 큰길로 구해 내기 위해 삶의 지혜를 쏟아붓는 도인이 된 기분이지.

난 철학책과 지적인 문학책을 여러 권 읽었어(믿거나 말거나). 크리스는 내 말에 대꾸도 안 해. 담배를 피우거나, 신문이나 냅킨 위에 뭔가를 깨알같이 적으며 늘 묵묵히 고개만 끄덕이지.

걔는 자주 이렇게 말해.

"난 내가 우울증에 걸린 게 마음에 들어."

"우울증에 걸리지 않았더라면 지금 이런 내 모습을 볼 수 없었을 테니까. 난 우울한 시인이야."

세상에! 이렇게 멍청한 말 들어 본 적 있니?

앞으로 크리스와 어울려 다니는 걸 자제할까 생각 중이야. 왜냐하면 내가 찾고 있는 사람은 나와 비슷한 아군이 아니라, 내게 자극을 주고 서로 경쟁할 수 있는 적군이거든. 크리스는 회색 아군에 속하지. 난 이제야 깨달았어. 그에게서 벗어나야 한다는 걸.

크리스 말고 '틸데'라는 친구도 있어. 틸데는 내가 자주 가는 카페에서 일해. 그녀는 나보다 세 살이 많고, 무척 친절하지. 머리숱이 아주 많은데, 핏빛으로 염색하고 다녀. 팔에는 아시아 전통 문양이나 글자 문신이 가득하고, 코걸이도 하고 있지.

그녀는 라프 족(주로 스칸디나비아 반도 북부 라플란드에 살고 있는 소수 민족 : 옮긴이)들이 많이 사는 카라쇽에서 태어났어. 세상의 불균형이나 인권 평등, 동물 학대 같은 문제에 관심이 아주 많아. 내게도 적지 않은 관심을 보이지. 틸데는 1년 내내 실연의 아픔으로 고통받고 있다 해도 과언이 아니야. 온몸에 털이 더부룩한 실업자들을 도와주다가 짝사랑에 빠지는 일이 허다하거든. 그들이 틸데의 도움을 필요로 할 것 같니? 아니야. 그녀와 함께 시간을 보내는 건 흥미롭지만 피곤하기도 해. 틸데는 수다를 아주 좋아해. 말하면서 내 머리카락이나 등을 자주 쓰다듬지. 내가 어떻게 지내는지, 무슨 생각을 하고 있는지 솔직하게 말해 달라고 보채기도 하고.

그런데 난 틸데가 말을 걸거나 내 등을 쓰다듬으면 거북하고 이상해. 우리는 너무나 다르거든. 우리는 서로 다른 태양계에서 온 사람들 같아. 틸데는 매사에 유쾌하면서도 열정적이라서 함께 있다 보면 혼이 다 나가는 느낌이야. 틸데는 잔에 커피를 따르고, 초콜릿 케이크를 접시에 담으며 카페 손님들과 이야기를 나눠. 입가에는 미소가 떠나질 않아. 그녀가 화통하게 웃음을 터뜨리면 젖가슴이 아래위로 출렁이지.

하지만 난 틸데가 싫지 않아. 그녀는 매우 참을성이 많고, 자립심이 강해.

내가 병원에 입원해 있을 때면, 틸데가 달콤한 과자와 자기가 좋아하는 만화책, 그리고 빨간 꽃다발을 들고 병문안을 와. 그리고 내 침대 난간에 앉아 아주 오래 통곡해.

그 모습을 보고 있으면 감동이 절로 밀려오지.

마틸데 아주머니도 내가 친구라고 부를 수 있는 사람이야. 나이도 많고, 현명하고, 조금은 심술궂은 면도 있지.

마틸데 아주머니는 '노르웨이숲'이라는 이상한 종자의 고양이가 한 마리 있어. 이름은 '비비안'이고, 아주 뚱뚱해. 마틸데 아주머니는 이웃집에 살아. 가끔 나한테 장을 봐 달라고 부탁하기도 하지.

아주머니는 가는귀가 먹은 데다가 몸이 아주 약해. 하지만 난 아주머니가 좋아. 그녀는 상당히 독특한 사람이야. 남편도, 자식도, 부모도 없고, 형제도 없어. 가족이라고는 비비안뿐이란다.

하지만 마틸데 아주머니는 비비안만 있으면 충분한 모양이야. 아주머니는 하루 종일 드라마를 보면서 소일해. 텔레비전 드라마는 하나같이 시시하고 허튼 수작에 불과하지만, 재미는 엄청 있다는 게 그녀의 주장이지. 재미가 담긴 허튼 소리는 심각하고 지루한 것보다 낫기 때문이래.

아주머니는 자주 이렇게 말해.

"호기심! 호기심은 내가 살아가는 데 없어서는 안 될 요소야!"

우리는 자주 삶과 죽음을 이야기해. 마틸데 아주머니는 죽는 게 두렵지는 않지만, 아직은 죽고 싶지 않대.

"난 사는 게 좋아. 비록 바보같이 살고 있긴 하지만, 그래도 난 사는 게 좋아."

아주머니 얘기를 듣고 있으면 마음이 편해져. 쭈글쭈글한 손등과 얼굴에 듬성듬성 나 있는 길고 검은 털들, 뺨에 난 누런 사마귀, 커다란 혹처럼 불거진 발과 통통한 손가락들…….

난 마틸데 아주머니와 피를 나눈 혈육지간은 아니지만 그녀를 '할머니'라 불러. 마틸데 아주머니도 좋을 대로 하라며 허락해 주었어.

"하지만 넌 나한테 아무것도 물려받지 못할 거야."

그녀가 웃음을 터뜨리면 입안에 지진이 난 것처럼 틀니가 마구 흔들려.

그걸 보고 있으면 나도 웃지 않을 수 없지.

이들이 가깝다면 가깝다고 할 수 있는 내 친구들이야.

그리고 너도 물론 내 친구지. 내가 널 '친구'라고 불러도 괜찮겠니?

우리 엄마도 어떤 면에서는 내 친구라고 할 수 있어. 있어도 전혀 도움이 되진 않지만 항상 주변에 아메바처럼 얼쩡거리는 친구 말이야. 난 엄마를 아메바라고 생각하며 바라보는 게 좋아. 뇌는 물론 심장도 없는 흐물흐물한 생명체. 진실을 말하자면, 엄마는 상당히 정상적인 사람이야. 단지 외모와 옷, 신발, 핸드백, 화장, 피부 관리에 지나치게 관심이 많다는 걸 빼면 말이지. 그리고 엄마는 남자한테도 관심이 많아. 돈이 많거나 잘생긴 남자에 특히 관심이 많지. 돈도 많은 데다가 잘생기기까지 하면 금상첨화겠지. 내가 '정상'이라고 말한 건 그런 것들에 관심을 보이는 점이 유별난

게 아니라는 뜻이야. 특히 부자들이 많이 사는 오슬로 서쪽 동네에서는 말이지.

왜 내가 우리 엄마 얘기를 할 때마다 빈정거리는지 궁금하니? 그건 그녀가 바로 내 엄마이기 때문이야. 지금과는 전혀 다른 사람으로 살 수도 있었을 텐데. 예를 들면, 네가 좋아하는 프리다 칼로처럼 화가가 될 수도 있었을 테고, 모자를 쓰고 담배를 입에 문 트럭 운전수가 될 수도 있었을 거야. 눈빛이 차가운 능력 있는 전문의나, 오븐 앞에서 땀을 뻘뻘 흘리며 음식을 만드는 요리사가 될 수도 있었겠지. 지금의 모습만 아니면 난 엄마가 어떤 사람으로 살아간다 해도 상관 안 할 거야.

사람들은 항상 자기가 갖지 못한 것을 원하며 살지. 난 엄마의 다른 모습을 꿈꿔. 그게 가장 쉬운 일이기도 하니까.

아빠에게도 원하는 게 있어. 아빠는 항상 일과 돈, 차에만 관심을 가져. 하지만 그것도 유별난 건 아닐 거야. 남자들은 다 그렇게 단순하지 않니? 내가 왜 아빠의 자질도 제대로 못 갖춘 냉정한 머저리에게 무언가를 원하느냐고? 그러다 보면 화가 나기 때문이야. 난 화를 낼 필요가 있어. 남을 위하고 배려하는 마음만큼이나 나 자신을 위하고 배려하는 마음도 가져야 하는 거잖아.

사람들은 자주 나를 오해해. 내가 내 감정과 울분을 유치

하고, 단순하며, 아주 뻔한 방법으로 드러내기 때문이지. 난 아무도 좋아하지 않는 우울증에 걸린 10대 반항아의 대표적인 사례라 할 수 있어. 너에게 이토록 줄기차게 편지를 쓰는 이유도 그런 10대 반항아 캐릭터에서 벗어나기 위해서야. 남은 물론이고, 나 자신을 위해서도 그게 좋을 것 같아. 난 좀 더 미묘하고, 섬세하고, 성숙하게 내 감정을 드러내고 싶어.

(왜냐하면 난 따지고 보면 상당히 미묘하고, 섬세하며, 성숙한 사람이거든.)

추신 : 가끔은 내가 너무 똑똑해서 피곤하기도 해!

편지 39

믿지 못할 뉴스가 있어. 어제 아빠를 만났어. 우연히 노르웨이에 들렀는데, 온 김에 시내에서 한번 만나자고 하더라. 우리는 함께 저녁을 먹고 포도주를 마시면서 옛날 얘기를 나누었지. 한때는 앙증맞고 귀엽기도 했던 내 얘기가 주로 화제로 올랐어. 아빠의 더부룩하던 턱수염은 말끔히 사라졌고, 머리숱도 별로 많지 않았어. 많이 피곤해 보였지. 아빠는 노르웨이 날씨가 너무 춥다고 불평했어. 난 아빠에게 내 얘기는 아무것도 하지 않았어. 그저 아빠가 해 주는 아프리카 얘기만 묵묵히 듣고 있었지. 아빠의 새 부인이 된 흑인 여자와 흑인 아이들…….

아빠는 가무잡잡한 피부에 뽀글뽀글한 머리와 짙은 밤색 눈동자를 지닌 트롤 같은 세 아이들 사진을 보여 주었어. 하지만 난 그걸 유심히 보지 않았어. 그저 탁자에 놓인 내 손과 상처로 가득한 손목만 내려다보았지.

저녁을 먹고 나서는 카페로 가서 포도주를 마셨어. 포도주를 몇 잔 마셨더니 어지럽고 토할 것 같아서 집에 일찍 들어가야 한다며 거짓말했어. 자리에서 일어나려는데 아빠가 나를 와락 끌어안았어. 아빠의 심장 소리도 들을 수 있었지. 아빠가 있다는 게 이런 거구나 싶었어. 온몸에 힘이 빠지는 듯하면서도 기운이 펄펄 나는 것 같았지.

갑자기 찾아와 저녁을 먹고, 포도주를 마시고, 다시 작별 인사를 나누어야 했던 아빠……, 우울해졌어. 겨우 만났는데 또 헤어져야 한다니……. 집으로 오는 길에 자꾸만 눈물이 났어. 아빠가 그립기도 했지. 하지만 지금은 아니야. 아빠는 이제 내게 아무 의미 없는 사람일 뿐이야. 나한테도 남들처럼 엄마와 아빠가 있어. 하지만 부모가 없는 거나 마찬가지지. 왜냐하면 우리 엄마 아빠는 자기 자신밖에 모르는 사람들이거든. 처음부터 없던 사람이라 해도 난 슬퍼하지 않을 거야. 아니, 오히려 그게 더 좋을지도 몰라. 그렇다면 난 삐삐처럼 살 수 있을 테니까. 얼룩덜룩한 원피스를 입고, 머리를 양 갈래로 땋고서는 한쪽 어깨에 원숭이를 올려놓은 소녀. 부엌에는 점박이 말이 서 있고, 금은보화로 가득한 상자를 가진 소녀!

내가 정말 삐삐처럼 이 세상에서 가장 힘센 소녀라면 얼마나 좋을까! 분명 나한테 잘 어울릴 거야.

곧 산책하러 나갈 거야. 걷고, 걷고, 또 걸을 거야. 걷다 보면 영혼에 평화가 깃들지. 그래, 나한테도 영혼이 있어. 조그맣고 회색빛을 띤 내 영혼은 내가 씁쓸한 눈물을 짜낼 때면 미소를 짓지. 난 산책하면서 자주 혼자 중얼거려. 그건 왜 그럴까, 이건 왜 이럴까, 그건 그렇고, 이건 이렇고……. 수많은 질문의 답을 혼자서 중얼거려.

만약 너에게 미래를 볼 수 있는 능력이 있다면 다음 생에는 어디에서 태어날 것 같니?

네가 보고 싶어, 요한네. 네가 오랫동안 우정을 나누어 온 친구라서도 아니고, 너를 잘 알아서도 아니야. 난 누군가를 그리워하는 감정을 좋아해. 바로 이런 감정들이 내게 사람으로 살고 있다는 느낌을 주거든.

나한테 필요한 건 바로 이런 감정들이야.

편지 41

누군가 닮기를 원한다면 바로 자기 자신을 닮아야 한다고 생각해. 일단은 타인을 닮는 것보다 훨씬 쉬우니까. 1년을 사는 것과 100년을 사는 것 중에서 어떤 게 더 좋을 것 같니? 그 이유는? 아마 많은 사람들이 이 질문에 관심을 가질 거야. 산다는 건 이런저런 것들을 경험하고, 사랑에 빠져 초콜릿을 맛보고, 꽃을 꺾기도 하며, 로마를 여행하는 것. 브라질에 가서 살사 춤을 추고, 꿈에 그리던 왕자를 만나 결혼하고, 자식을 낳고, 직업적 이상을 펼치고, 곳곳의 흥미로운 사람들을 만나는 것. 너도 잘 알겠지만 말이야.

내가 이룬 걸 하나하나 적어서 종이가 꽉 채워진다면 편한 마음으로 죽을 수 있을까? 그렇다면 누구라도 내가 무의미하고 바보 같은 삶을 살지 않았다고 믿을 거야.

만약 결혼도 하기 전에, 제대로 사람 노릇을 하기도 전에, 파리로 가서 예술학 공부를 해 보기도 전에, 파티에 참석했다가 고주망태가 되었다 치자. 그리고 집으로 돌아오는 길에 빙판에 미끄러져서 돌멩이에 머리를 찧어 즉사한다면,

그 인생은 정말 아무것도 아니겠지.

그런데 정말 그럴까?

성공과 패배, 또는 삶의 가치가 있고 없고에 관심이 없다면, 이 세상은 완전히 달라지겠지? 모든 사람은 평등하다는 생각으로 잘생겼거나 못생겼거나 똑같이 대접한다면, 지금껏 우리가 중요시했던 모든 것들은 그 가치를 잃을 게 틀림없어.

그건 그렇고, 갑자기 개를 키우고 싶어졌어. 난 언제나 개를 좋아했거든.

몸집이 아주 큰 개 말이야. 머리에는 리본을 달고 입으로는 우유병을 빨면서 주인의 핸드백 안에 쏙 들어가는 손바닥만 한 개 말고, 아주 덩치가 크고 못생긴 개를 키우고 싶어. 나를 모욕하는 사람들을 혼내 주고, 내 자존심을 세워 주는 개 말이야. 너희 집에는 개가 있니? 내가 만약 집을 나가서 살게 된다면 꼭 개를 키울 거야. 그 개랑 단둘이서 오순도순 잘 살 거야. 이름도 벌써 생각해 뒀어. '나디아'라고. 나를 빼고는 그 누구의 다리도 물어뜯을 수 있는 충성스러운 개라면 좋겠어. 이미 머릿속으로 계획을 다 세워 놓았지. 우리는 고개를 꼿꼿이 들고 아주 당당하게 살 거야.

편지 43

내 안에서 쉴 새 없이 전쟁이 벌어지고 있어. 적어도 그런 느낌이야. 이건 이성과 감성 간의 싸움이지.

내 머리는 세상을 이해하라고, 현명해지라고, 신중하라고 말하지만, 내 몸은 여전히 자유분방하게 살고 싶어 안달을 해. 난 내 머리와 몸에 입 닥치라고 고함치지.

하지만 이기는 쪽은 항상 감성이야. 소리를 더 크게, 더 오래 지르거든.

오늘 엄마는 킴이랑 데이트하러 나갔어. 같이 영화를 보기로 했대. 안 봐도 뻔하지 뭐. 어둑어둑한 극장에 앉아서 마치 10대처럼 손을 꼭 잡고서는 애정 행각을 벌이겠지. 아, 그 생각만 하면 어제 먹었던 음식이 모두 올라올 것 같아. 나도 낮에는 기운이 없어. 다시 병원에 입원하고 싶어. 아무 생각도 안 하고 싶어. 죽음도, 너도, 나도…… 그 어떤 생각도 하기 싫어. 어떻게 하면 내 생각으로부터 내 영혼을 구제할 수 있을까?

어제 페더 씨에게 전화해서 다시 병원에 입원할 수 있도록 도와 달라고 했어. 그런데 그는 이제 병원에서 나를 위해 할 수 있는 일이 없다고 딱 자르더니, 이렇게 말했어.

"심리 상담을 받아 보렴."

"그건 전혀 도움이 안 돼요."

"그럼 산책을 해 보렴."

난 전화를 끊자마자 보그스타 거리와 집 사이를 네 번이나 왕복했어. 머리통이 없는 창백한 마네킹들이 비극적으로 줄지어 서 있는 옷 가게와 서점, 음반 가게, 빵집과 키오스크(간이 판매대나 소형 매점, 또는 대중들이 쉽게 이용할 수 있도록 공공장소에 설치한 무인 단말기를 가리키는 말 : 옮긴이), 그리고 건강 식품 가게 등을 지나쳤지. 사람들은 하나같이 초점 없는 눈빛으로 허둥지둥 걷고 있었어. 화려한 쇼핑백을 들고 커다란 선글라스를 낀 여자들. 쌀자루 같은 바지를 입고, 얼굴에는 분가루인지 밀가루인지로 떡칠을 한 10대들. 머리띠를 하고, 꽈배기 문양을 넣어 뜨개질한 스웨터를 입은 사내아이들(세상에, 촌스럽게 꽈배기 문양이라니!). 분홍색 셔츠에 넥타이를 맨 오만한 눈빛의 중년 남자들. 값비싼 고무장화를 신고, 느슨하게 말총처럼 머리를 묶고서는, 유행하는 유모차를 끄는 신세대 엄마들. 젠장!

토할 것만 같았어. 나를 지나쳐 가는 그들을 보고 있으려니 왠지 이유 없는 절망감이 엄습하더라. 그건 나보다는 그들을 향한 것이었어. 세상이 미쳐 가고 있나 봐. 다시, 또다시……. 어쩌면 정말 미쳐 가고 있는 건 내가 아니라 세상일지도 몰라.

결론 : 만족감을 얻기 위해 필요한 건 약도 아니고, 입원도 아님. 눈을 크게 뜨고 집 앞에서 보그스타 거리까지 네 번만 왕복하다 보면 절망감과 우울증에서 벗어나는 것도 가능함.

(하지만 난 여전히 병원에 입원하고 싶다는 생각을 못 버렸어. 입원이 좋아서가 아니라, 세상과 나 자신으로부터 벗어나 쉬고 싶기 때문이야.)

사는 건 전쟁이야.

너도 계속 싸울 수 있길 바라, 제니.

편지 45

네가 병원에 입원했다니 마음이 아파. 병원 사람들이 부디 너를 잘 보살펴 주길 바라는 마음뿐이야.

가끔 내가 정신 병원에 입원하고 싶어 하는 건 그곳에 가면 혼자라는 느낌이 안 들기 때문이야. 집에 있으면 숨 막힐 정도로 외로울 때가 자주 있어. 그럴 때면 마치 내가 사라져 버릴 것만 같아. 정확히 설명하기는 힘들지만, 나를 둘러싸고 있는 벽의 벽지 속에 파묻히는 느낌이랄까? 그리고 수백 번 반복되는 벽지 문양들 속에서 얼굴을 내미는 나 자신을 보고 있는 듯한 기분이지. 시간 속에 꼼짝없이 갇혀 버린 느낌도 들어. 그 속에서 내가 할 수 있는 단 한 가지는 멍하니 허공을 바라보는 것뿐이야. 내 몸 위에 먼지들이 쌓이는 모습과 곰팡이들이 피어나는 모습을 보며 천천히 썩어 가는 거지. 그럴 때면 먹고 마시는 일도, 심지어는 가만히 누워 텔레비전을 보는 일도 귀찮기만 해. 나를 전혀 모르는 남이지만, 나를 위해 줄 수 있는 사람들과 함께 있고 싶어. 이 두 가지 조합은 왠지 모르게 안전한 느낌을 줘. 조심하지 않아도 편하게 지낼 수 있을 것 같고 말이야. 이런 내 마음을 넌 이해할 수 있겠니?

그래, 난 가끔 비참할 정도로 감상에 빠질 때가 있어. 나도 잘 알아. 밤에 혼자 잠들지 못하는 꼬마가 된 느낌이지. 누군가의 손을 붙잡아야만 잘 수 있는 꼬마 말이야. 젠장! 내가 입원하고 싶어도 허가가 날지 모르겠어. 병실이 만원이래. 그러니 앞으로 얼마간은 계속 우리 집 거실에서 기름기가 자르르 흐르는 머리카락 위로 우수수 떨어지는 먼지를 벗 삼아 지내야 할 것 같아.

어제 심리학자인 밀레 씨를 찾아갔어(때가 잔뜩 묻은 운동복 바지를 입고, 구멍 난 실내화를 신은 채 그녀의 사무실을 찾아갔지). 그리고 불평불만을 잔뜩 쏟아 내며 울어 버렸어. 그런 나에게 밀레 씨는 나아지는 중이라며 칭찬해 줬어. 하긴, 손목을 긋고, 약을 과하게 삼키고, 고주망태가 되도록 술을 마셔 본 지도 참 오래됐구나. 물론 밀레 씨는 이 모든 게 자기 덕분이라고 생각해.

"힘든 일일수록 맞서 싸우며 앞으로 전진하는 거야, 제니."

(생각할수록 웃겨!)

내가 좋아하는 게 뭐냐고?

난 네가 좋아. 내 타자기와 녹슨 바퀴들, 스타카토(악보에서 한 음 한 음씩 또렷하게 끊는 듯이 연주하라는 말 : 옮긴이)를 연상시키는 짧고 톡톡 튀는 여러 움직임들, 나사돌리개와 도끼, 철학, 피, 러시아워, 공해, 낡은 신문지 냄새, 사람을 안 닮은 동물들, 박하 향 차를 좋아해. 식칼로 손목을 그은 뒤 욕실 바닥에 떨어지는 내 핏방울을 바라보는 것도 좋아하지. 검은 종이 위에 하얀 잉크로 점을 찍는 것도 좋아해. 빵을 굽고, 빵 껍질을 손톱으로 긁어내는 일, 오래돼서 갈색으로 변한 바나나 위에 블루베리 잼을 얹어 먹는 것도 좋아해. 거울 속의 나를 향해 입을 삐죽거리며 혀를 내미는 것도 좋아해.

편지 47

엄마가 직장에 간 뒤로 줄곧 집에 혼자 있었어. 엄마는 사람들의 얼굴을 주무르는 일을 해. 점과 여드름, 그리고 주름을 없애는 약품과 크림을 발라 마사지해 주면서 실크처럼 매끈매끈한 피부를 만들어 주지. 난 매끈하고 윤나는 피부가 싫어. 주름과 상처와 온갖 반점이 가득한 얼룩덜룩한 피부가 훨씬 좋아.

내 몸은 일종의 화폭이야. 이 화폭 위에 불행과 고통, 악행으로 얼룩진 그림을 그릴 거야. 그게 바로 지금 내 머릿속을 채우고 있는 생각이란다. 아무 그림도 안 그려진 하얀 화폭을 벽에 장식품으로 걸고 싶은 사람이 어디 있을까? 그런데도 대부분의 사람들은 선과 색이라고는 전혀 찾아볼 수 없는 무미건조한 몸뚱이를 끌며 살아가고 있어. 인간으로 산다는 건 꽤 모순이 많아. 솔직히 말해서, 인간으로 살고 싶은 사람이 이 세상에 얼마나 될까? 많은 사람들이 완벽한 몸매를 지닌 로보트로 영원히 죽지 않고 사는 쪽을 더 선호할 거라는 게 내 생각이야. 불빛이 반짝거리는 휴대 전화로 대화를 나누다가, 정작 얼굴을 마주 보면 말없이 쏘아보기만 하는 인간으로 사느니 그 편이 더 낫지 않겠니?

오늘은 날씨가 아주 좋아. 붉은기를 띤 금빛 햇살이 머리 위로 강하게 내리쬐고 있어. 눈이 쓰리고, 코가 막혀서 괴로워. 감기에 걸렸나 봐. 눈물과 콧물. 지금은 푸른 사과를 먹고 있어.

네 친구 안네는 꽤 괜찮은 애 같아. 난 그런 사람이 좋아. 함께 있을 때 가식적인 행동이나 말을 안 해도 되니까.

편지 49

물론 너와 함께 낯선 도시를 여행하고 싶어, 요한네.

난 공해로 얼룩진 도시에 갈 수만 있다면 물불을 가리지 않을 거야.

요즘 엄마는 《시크릿》이라는 책을 읽고 있어. 우리가 진정으로 무언가를 원하면 결국은 그것을 손에 넣을 수 있다는 게 주된 내용이야.

엄마가 그 책을 읽기 시작한 건 자기 삶을 변화시키고 싶어서지. 수학 공부도 다시 시작하고 말이야.

정말 이상해. 우리 엄마에게 숫자를 연구할 수 있는 뇌가 있다니……. 그것만큼은 하늘이 두 쪽 나도 못 믿겠어. 엄마는 학창 시절에 수학 성적만큼은 항상 최고였대. 하지만 아무도 눈여겨봐 주지 않았대. 그래서 점점 흥미를 잃었고, 졸업도 흐지부지해 버렸다더라.

엄마가 변하려고 노력하는 모습은 아주 보기 좋아. 하지만 왠지 두려운 마음도 들어.

네 아버지가 정원에 불을 피워 놓고 오래된 편지들과 낙엽을 태우는 모습이 훤히 보이는 것 같아. 불꽃. 종이 속에 담긴 말과 말이 불꽃 속으로 사라져 재가 되는 모습. 하지만 그것들은 영원히 사라지지 않을 거야. 단지 우리 눈에 보이지 않을 뿐, 이 우주 어딘가에서 분명히 찾을 수 있으리라 생각해. 난 네 아버지가 할머니의 편지들을 태우지 말았어야 한다는 네 생각에 동의해. 난 너와 주고받은 편지들을 절대로 태우지 않을 거야. 네가 태워 없애 달라고 부탁하더라도 말이야.

네 편지들은 적어도 내가 살아 있는 한 조그맣고 빨간 상자 속에서 그 생명을 유지하게 될 거야.

난 너의 지난 편지들을 자주 꺼내 보곤 해. 그 편지들은 내가 가장 소중히 여기는 보물이야.

편지 51

요즘 책을 한 권 읽고 있어. 《불안에 대해서》라는 책인데, 특히 제목이 마음에 들어. 제목만 봐도 괜히 불안해지는 것 같아서 말이야. 그 책을 네게 권하고 싶어. 읽다 보면 울고 싶다가도 저절로 웃음을 터뜨리게 되거든. 비관주의를 매우 쉽고, 독특하고, 자유분방하면서도 지적인 방법으로 설명해 놓았는데, 상당히 고무적으로 와 닿기도 해. 그 책의 저자는 이미 세상을 떠났어. 살아 있다면 친구로 지내 볼 만도 한데 말이야. 하지만 그와 나는 어쩌면 앞으로 쭉 친구로 지낼 수 있을지도 몰라. 너와 프리다 칼로처럼 시간과 공간을 벗어나 꿈속에서 우정을 나누는 친구가 되는 거지.

네 얘기로 영화를 만들어 볼까? 예전에 짤막한 영화를 하나 만든 적이 있어(2년 전이었지). 제목은 〈엄마와 딸〉이야. 터놓고 대화하는 게 불가능한 모녀지간의 얘기를 다루었어. 물론 나와 엄마를 바탕으로 만든 영화지.

그 영화를 본 사람은 나밖에 없어. 난 그 영화의 분위기가 마음에 들어. 너를 주제로 영화를 만든다면 제목은 〈요한네의 죽음〉이 되겠지.

또는 〈미래가 없는 소녀〉.

또는 〈너무도 평범한 사람〉.

꽤 괜찮은 영화가 될 거야.

아니면 희곡을 써 볼까? 내가 맡을 역할을 직접 만들어 보는 것도 흥미로울 것 같아.

독백.

대화.

나를 둘러싼 우주와 내 방과 가구에 대한 묘사들.

움직임들.

나는 어떻게 걷는가? 나는 어떤 자세로 서 있는가? 내가 앉아 있는 의자는 금방이라도 부서져 버릴 만큼 낡은 의자인가?

필름을 느리게 돌릴까, 아니면 아주 빠르게 돌릴까? 경험은 없지만 희곡을 쓸 수 있을 것 같아. 힘과 무력함, 두려움과 공허에 대한 희곡을 쓰고 싶어. 사람들은 이런 주제에 흥미를 보일 거야. 이게 바로 우리의 삶을 좌지우지하는 요소니까.

네 어린 시절은 어땠는지 궁금해.

내 어린 시절은 생각하고 싶지도 않아. 늘 엄마 뒤를 졸졸 따라다니거나, 어디선가 엄마를 기다리기만 했던 것 같아.

나 자신을 돌보는 일뿐 아니라 엄마까지 챙겨야 했으니까. 엄마의 말소리, 벽시계가 똑딱거리는 소리……. 난 대화할 사람이 없었어. 단 한 사람도. 여덟 살 때부터 난 자살을 생각했어. 그때 이미 내 삶이 결정되었다 해도 과언이 아닐 거야. 그래, 모든 건 그때 시작됐지. 난 그때부터 삶과 인간을 증오하기 시작했어. 그리고 그 증오심은 시간이 갈수록 점점 더 커졌지. 내 눈에 보이는 세상과 사람들은 전부 냉정하기 그지없는 가짜 같았어. 거리에서, 버스에서, 전동차에서 마주치는 사람들에게서 진실함과 따스함은 조금도 찾아볼 수가 없었지. 집 안에서도 마찬가지였어. 집에 돌아오면 엄마가 데려온 온갖 남자들, 그들의 머저리 같은 얼굴을 봐야만 했으니까.

그들은 하나같이 내게 군것질거리와 바비 인형을 주고, 내 몸을 간질이면서 나를 귀찮게 했어. 예, 예, 감사합니다, 감사합니다(내 삶의 처음 10년 정도는 나도 아주 착하게 살았어). 그 후로 난 면도칼로 손목을 긋기 시작했지. 엄마는 전혀 개의치 않는 것 같았어. 엄마는 항상 다른 곳을 보고 있었지. 다른 일에만 관심을 두었다는 뜻이야. 말할 수 없이 피곤했어. 짜증 나고 슬프기도 했고. 어느 날인가는 나도 모르게 손목을 너무 깊이 긋고 말았어. 피가 펑펑 쏟아졌지. 갑자기 두려워지더라. 죽을 마음이 없었던 게 아닌데도 두

렵기는 했어. 응급실에 전화했지. 곧 구급차가 도착했어. 엄마는 제정신이 아니었어. 그날, 나는 손목을 열네 바늘이나 꿰매고, 아동 정신 병원에 입원했어. 엄마는 의사와 얘기하면서 쉼 없이 눈물을 흘렸어. 의사는 내가 꽤 세심하고 상처를 잘 받는 아이 같다면서, 그건 부모도 어떻게 할 수 없는 일이라고 엄마를 위로했지. 엄마는 내가 특별한 아이라고 하면서 어떻게 보면 이상하게 보일 수도 있다고 대답했어.

"자폐증 증상을 조금 보이는 것 같아요."

엄마는 그렇게 말했어.

난 그때 자폐증이 뭔지 몰랐어. 하지만 그 단어는 그날부터 내 머릿속을 떠나지 않았지.

"제니는 자폐증 환자야!"

난 그 말이 좋았어. 나도 특별할 수 있다는 느낌, 다른 사람들과 구분 지을 수 있는 뭔가를 가진 느낌이었으니까.

편지 53

요한네, 네게 무슨 말을 해 주면 좋을까? 난 네가 아주 강인한 사람이라고 생각해. 네 편지를 읽다 보면 네가 참 진솔한 사람이라는 생각도 들고. 세상이 거지 같아. 인생은 썩은 오물이야. 혹시 필요한 게 있니? 내 사진을 동봉해 봤어. 어때 보여? 내가 사탄처럼 보이니?

어제는 엄마 기분이 아주 좋았어(이건 정말이야!). 아랫동네의 한 가게에서 산 복권이 당첨돼서 무려 1만 크로네나 받게 됐거든. 엄마는 기분이 좋은 나머지 와플을 굽기 시작했어. 우리는 각자 와플을 다섯 조각이나 먹어 치웠지. 평소 지방이 많고 단 음식이라면 질색하는 엄마가 어제는 어쩐 일인지 시큼한 크림과 잼을 잔뜩 얹어서 먹더라. 우리는 와플을 먹으며 DVD로 영화 〈더티 댄싱〉과 〈이보다 더 좋을 순 없다〉를 봤어.

오랜만에 참 오붓한 시간을 보냈지. 따옴표를 써서 강조할 정도는 아니었지만 꽤 오붓한 시간을 보낸 건 사실이야. 그런데 그것도 오래가지 않았어. 웬 남자한테 전화가 왔는데, 말하는 투를 보니 엄마가 그리 좋아하지 않는 사람 같았어. 엄마는 통화를 마치자마자 소리를 지르며 전화기를 바닥에 내동댕이쳤어. 전화기가 부서졌는데도 엄마는 본체만체하고 화장실로 달려가 한참 동안 나오지 않았어.

마침내 화장실에서 나온 엄마를 보니 목에 붉은 반점이 수도 없이 돋아 있었어. 알레르기 같더라.

사랑하는 요한네, 비록 고통스럽더라도 힘을 내렴. 살다 보면 장미 꽃잎을 밟으며 춤추는 일보다 이글이글 타고 있는 석탄 위를 걷는 일이 더 많을 거야. 실제로 건강에 좋다며 불타는 석탄 위를 걷는 사람도 본 적 있어. 그렇게 하고 나면 기분이 아주 좋아진대. 따지고 보면, 삶도 별반 다르지 않아. 사는 게 고통스러울수록 죽는 게 더 기분 좋게 느껴지지 않을까? 너를 위해 행운을 빌게.

편지 55

내게 예쁘다는 말만은 하지 말아 줘. 그건 내가 제일 듣기 싫어하는 말이야. 당황스럽고 허무해. 난 머리가 텅 빈 바비 인형 같은 사람이 되고 싶지 않아. 오히려 조금 못생긴 듯 독특한 외모를 지닌 사람이 되고 싶어. 못생겼다는 말을 들으면 왠지 더 강해질 것 같아. 타인의 시선에 개의치 않고 지옥 같은 삶을 내 맘대로 살 수 있을 테니까.

내 손에는 긁힌 자국이 있어. 상처에 손을 대면 따끔따끔한데도 손톱으로 자꾸만 긁고 있지. 난 내 손을 바라보는 게 좋아. 상처와 피! 조용히, 아주 조용히 앉아서 지루해서 더는 못 견딜 때까지 내 손을 바라봐.

오늘 아빠에게서 코끼리 사진이 박힌 엽서 한 장을 받았어. 사진 속 코끼리는 나무 옆에 서서 성난 눈으로 나를 보고 있었어. 그 옆에는 흑인 남자 한 명이 크게 미소 지으며 서 있었고.

아빠는 사냥을 다녀왔다고 했어. 아프리카 동물을 여러 마리 잡았다고 자랑을 늘어놓았지.

아주 아슬아슬하면서도 재미있는 여행이었다며 나더러 언제 한번 아프리카에 오라고 했어. 하지만 난 아빠를 만나러 갈 생각이 없어. 아프리카에서 뭘 할 수 있을까? 코끼리나 기린, 또는 대머리 중년 남자와 얘기하고 싶은 마음은 조금도 없단다. 아빠는 지금껏 세계 여러 나라에서 살았어. 플로리다, 도쿄, 인도, 남아공. 아빠는 여행을 좋아해. 잠시도 가만있지 못하는 사람이야. 내가 어렸을 때 아빠를 만나러 간 적이 몇 번 있어. 비행기에 앉아 창밖의 구름을 내려다보았지. 아빠를 만난다는 생각에 흥분돼서 견딜 수가 없었어. 하지만 난 아빠를 만날 때마다 실망해. 아빠는 나랑 대화하는 데는 전혀 관심이 없거든. 아빠는 내게 운전수나 비서를 붙여서 여기저기 혼자 돌아다니게 만들어. 그래서 나이가 좀 들고 나서는 아빠를 만나러 갈 생각을 접었지. 전화도 안 해. 아빠는 우리가 더 이상 소통하지 않는다는 사실조차 깨닫지 못하는 것 같아.

하지만 가끔은 아빠가 오늘처럼 엽서를 보내. 난 아빠가 보내 준 엽서들을 모두 침대 위 벽에 걸어 놓았어. 예술 작품처럼 보이도록 나름대로 꽤 신경 써서 배치해 놓았지. 그 밑에 '아빠의 세상'이라고 비뚤비뚤한 글씨로 제목까지 달아 놓았단다. 아빠의 세상은 아주 먼 곳이야. 내가 갈 수 없는 곳, 가고 싶지 않은 곳.

편지 57

요즘은 밤낮으로 너를 생각해. 나와 내 삶도 생각하지.

난 두 번 성폭행당한 적이 있어(열네 살 때 한 번, 그리고 열여섯 살 때 한 번).

열네 살 때 나를 성폭행한 남자는 가슴과 등에 검은 털이 수북하게 난 원숭이 같은 사람이었어. 남소스(노르웨이 중부 지방의 도시 : 옮긴이) 출신으로 당시 마흔 살 정도였을 거야(엄마의 사촌이기도 하지). 열여섯 살 때 만난 남자는 트럭 운전수로 일하던 20대 청년이었단다. 유부남이었는데, 부인은 두 다리를 못 쓰는 불구자였어. 그는 바람을 피워도 죄의식을 느끼지 않는다고 했어. 그가 내 옷을 벗길 때 난 제대로 반항하지 못했어. 온몸이 굳어 버렸거든. 나한테서 부정적인 기운이 마구 쏟아져 나오나 봐. 그래서 성범죄자는 물론이고, 이 세상의 온갖 머저리들이 모두 내게 달라붙는 게 아닐까?

난 정상적인 삶을 살아 보지 못했어. 만약 내가 남들처럼 평범한 삶을 살았더라면 지금과는 전혀 다른 모습으로 살고 있겠지? 아마 너와 비슷한 사고방식을 가진 아이가 되지 않았을까 하는 생각도 들어. 자신을 사랑하고, 삶에 만족하며 사는 사람 말이야.

아, 이제 이런 얘기는 그만해야겠어. 내 트라우마로 편지지를 가득 채워서 널 우울하게 만들 생각은 없으니까. 사실 이런 얘기는 듣는 입장에서는 꽤 지루할 거야. 솔직히 말해서, 난 내 지난 삶을 곰곰이 되씹는 일 따위는 안 해. 그저 내가 이런 일도 겪었다는 걸 말해 주고 싶었을 뿐이야. 그렇다고 나를 측은하게 바라볼 필요는 없어. 너마저 나를 동정한다면, 난 아주 비참한 희생자가 된 기분일 거야. 사실 이미 난 나 자신과 부족한 의지력의 희생자로 살고 있는 중이거든.

너도 희생자가 된 기분을 느낄 때가 있니?

페더 씨는 내가 자기 파괴적 성향을 아주 강하게 보인다고 했어. 그러면서 내가 병원에 입원할 때마다 이렇게 말해.

"이제는 그 자기 파괴적인 행동을 그만둘 때가 되지 않았니? 스스로에게 좀 더 깊은 애정을 갖도록 노력해 보렴."

그는 도대체 무엇 때문에 내가 자기 파괴적 성향을 보인다고 믿는 걸까?

난 내 행동과 말에 책임을 져. 나는 나야. 자기모순적인 존재이기도 하지. 난 나를 잘 알아. 하지만 다른 사람들에게서 그런 말을 들으면 기분이 안 좋아. 예를 들어 '자기 파괴적'이라는 쓰레기 같은 말……. 그런 말은 스스로를 매우 건설적이고 유능하다고 여기며, 자신이 안정적이고 착실한 삶을 살고 있다고 생각하는 사람들이 만들어 낸 쓰레기에 불과해. 따지고 보면, 나도 상당히 건설적이야. 적어도 나 자신은 물론 타인을 이해해 보려고 노력은 하고 있으니까. 내 아픔을 남한테 떠맡길 생각도 전혀 없어. 어쩌면 이게 바로 바보 같은 짓일지도 모르겠지만, 적어도 난 진실해. 가식적으로는 안 살아. 이건 정말이야. 장난이 아니라고.

페더 씨에게도 이런 말을 한 적이 있어. 수십 미터나 되는 붕대를 손목에 감고서 말이야.

가식적으로 사느니 차라리 자기 파괴적으로 살겠다고 했지. 남들 눈에 불행하게 보이더라도 난 개의치 않는다고 말했어. 그는 내 말에 고개를 절레절레 저으면서 나이가 들면 생각이 달라질 거라더군. 그게 바로 내가 두려워하는 거야. 나이가 들면 지금과 다른 생각을 하고, 다른 삶을 살게 될지도 모른다는 것.

타협에 익숙해지고, 남의 눈을 의식하고, 자존심을 꺾어 가며 살아야 한다는 것. 난 싫어. 죽어도 싫어.

하지만 그걸 페더 씨에게 이해시키는 건 거의 불가능해. 그는 내 말이 그저 철부지 아이가 하는 재미있고 흥미로운 수다에 불과하다고 생각하거든. 그는 내 말이 애매모호하고 가벼운 농담처럼 들린대.

난 반발하지 않을 수 없었어. 애매모호하고 가볍다는 건 나와는 거리가 먼 말이야. 난 무겁고, 어두워. 공기처럼 두둥실 떠돌기보다는 무겁게 가라앉는 편이지. 아래로, 아래로. 내 등에는 날개도 없어. 자루 한가득 무거운 돌멩이뿐이지.

편지 59

지금 내 얼굴은 상처투성이야. 며칠 전에 스테이플러로 얼굴을 수도 없이 찍어 버렸거든. 불에 덴 듯 얼굴이 화끈거려. 완전히 달 표면이 되어 버렸다니까. 난 내 얼굴이 싫어. 핏기라고는 전혀 없이 창백한 피부에 차가운 푸른 눈동자, 옅은 머리카락. 어렸을 때부터 사람들은 내게 인형 같다고 하며 미소를 지었지.

요한네, 너를 대신해 죽을 수 있다면 얼마나 좋을까? 왜 내가 아니라 네가 죽어야 하는 거지? 아마 네게 병을 줄 때 신이 깜박 졸았던 게 아닐까? 천사들의 날갯짓으로 피어난 먼지 가루에 잠시 취했을지도 몰라.

난 한 번도 신을 본 적이 없어. 하지만 천사는 봤단다. 내가 열한 살 때였어. 잠이 안 와서 뜬눈으로 밤을 지샜지. 난 천사가 무서웠어. 이유는 묻지 마. 그건 나도 모르니까. 천사들은 천장에서 스르르 내려와 침대에 누워 있는 나를 몇 시간이고 바라보곤 했어. 평소에는 무리 지어 왔는데, 그날 밤에는 한 명만 내 방으로 내려왔어. 몸통도 제대로 갖추지 않고, 날개도 없고, 머리 위 광채도 없었어. 그저 하얗고 평화로운 얼굴만 보였지. 남자 얼굴 같았어. 그 얼굴에는 미소도 없었지만, 어쩐 일인지 환하게만 느껴졌어. 이상한 건 그 얼굴을 보면서도 전혀 두렵지 않았다는 거야. 아주 편안했어. 그 후로는 천사를 두려워하지 않게 됐어.

사람들에게는 저마다 한 명, 또는 서너 명의 수호천사가 있다고 생각해. 심지어 내게도 수호천사가 있다고 믿어. 하지만 난 가끔 그 사실을 잊어버려. 그럴 때면 외롭고, 버림받은 기분이야. 하지만 그건 느낌에 불과하지. 너도 알다시피 느낌은 진실과는 거리가 멀잖아.

너도 이제 곧 천사가 되겠지. 그렇다면 내 수호천사가 되어 줄래? 숲에서 길을 잃지 않도록 나를 보살펴 주는 수호천사 말이야. 진심으로 하는 말이란다. 난 새로운 수호천사가 필요해. 지금의 수호천사는(아마 한 명뿐일 거라고 믿지만……) 상당히 둔하고 멍청한 것 같거든.

편지 61

킴처럼 멍청한 사람도 아마 없을 거야. 손발은 어린애처럼 조그마하고, 몸뚱이는 그에 맞지 않게 크지. 그는 오렌지색 근육으로 똘똘 뭉친 커다랗고 추한 몸뚱이를 우리 집 현관 거울에 비추어 보는 걸 낙으로 삼고 지내. 엄마는 킴이 우리 집에 올 때면 나한테 예의를 갖추어 행동하라고 입이 닳도록 말해. 킴이 우리 집에 오면, 난 술도 못 마시고, 음악을 크게 듣는 일도 자제해야 하지. 그림을 그리지도, 식칼로 손목을 긋지도 못해.

킴은 천식과 귓병에 시달리고 있어. 거기에다 물감 냄새를 맡으면 알레르기를 일으키지. 시끄러운 소리도 못 참고, 피를 보면 기절할 정도로 담력이 약한 사람이야. 네 아버지는 애인이 있니? 우리 엄마에게는 항상 애인이 붙어 다녀. 종류도 아주 다양하지. 킴과 사귀기 전에는 '마르쿠스'라는 사람과 사귀었어. 사진작가였는데, 언젠가 한 번 삼류 모델을 촬영한 게 화려한 경력이라도 되는 양 입만 떼면 그 자랑에 정신이 없는 사람이었어. 그는 그 애기를 할 때마다 항상 숨이 넘어갈 정도로 웃어 댔지.

마르쿠스는 킴과는 조금 달라. 그는 빼빼 말랐고, 항상 피곤한 얼굴을 하고 있었지. 외모에 그다지 신경을 안 쓰는 것 같았어.

마르쿠스는 우리 집에 들어서면 냉장고부터 뒤졌어. 그리고 우유를 통째로 마셔 버렸지. 내가 먹으려고 넣어 두었던 음식과 초콜릿, 비스킷과 커피……. 집 안에 있는 음식이란 음식은 죄다 먹어 치워야 직성이 풀리는 사람 같았어.

냉장고를 비우고 나면 거실 소파에 드러누워서 트림을 하고 방귀를 뀌는데, 그 소리가 얼마나 큰지 벽이 흔들릴 정도였지. 엄마는 마르쿠스한테 돈이 많다고 했어(그가 어떻게 돈을 벌었는지는 아무도 몰라).

엄마가 그를 만난 건 돈 때문이었지. 하지만 마르쿠스는 시간이 지나면서 엄마의 본색을 꿰뚫어 본 모양이야. 데이트할 때마다 자기가 돈을 내야 했으니까……. 그리고 언제부터인가 발길을 끊어 버렸어.

그가 더 이상 찾아오지 않아서 얼마나 안도했는지 몰라. 그런데 어느 날 갑자기 이 킴이라는 남자가 잘난 몸뚱이를 앞세우고 우리 집을 드나들기 시작하더군. 그는 마르쿠스처럼 돈이 많지는 않았어. 하지만 인물은 마르쿠스보다 한 차원 높았지. 엄마는 킴을 카페로 초대하거나 요가를 함께

다녔어. 그러면서 사귀게 됐지. 벌써 여덟 달째란다. 난 킴이 새 여자를 만나기를 간절히 바라고 있어. 엄마와 킴은 요즘 만나기만 하면 말싸움이야. 빵 조각이나 멜론, 와인 잔을 서로의 머리통에 던지기도 하고, 소리를 지르고 때리기도 해. 그럴 때면 나도 함께 소리를 질러. 제발 좀 조용히 하라고 말하지. 정상적으로, 그리고 좀 더 조용히 살자고, 그게 안 된다면 말없이 뒷방으로 가서 목을 매라고 말이야.

양손을 맞잡고 위안을 얻는다는 네 방법, 마음에 들어. 어쩌면 그래서 우리에게 두 손이 있는지도 모르지. 만약 내가 너와 함께 있었다면 네 손은 내가 잡아 줄 수 있었을 텐데……. 그러면 내 손목의 상처도 네게 보여 줄 수 있었을 테고……. 그 상처들은 이제 오래돼서 하얗게 변했어. 어떻게 보면 예뻐 보이기도 해. 실처럼 보이기도 하고. 난 그 상처들을 손가락으로 쓰다듬는 걸 좋아해.

편지 63

몸을 씻기 시작했어. 샤워하면서 살갗이 빨갛게 되도록 때를 밀지.

이건 일종의 노력이야. 보통 사람으로 살기 위한 노력!

어제 엄마와 함께 쇼핑을 했어. 엄마가 내 옷에 죄다 구멍이 나 있거나 빨아도 지지 않는 얼룩이 있어서 새 옷을 장만해야겠다고 했거든. 엄마 말이 맞아. 내 옷들은 전부 좀먹어서 삭아 버리기 일보직전이거든.

내가 정신 병원에 입원한 다음 날, 한 정신 분열증 환자가 새로 들어왔어. 무려 40년 동안이나 혼자 다락방에서 생활했던 사람이래. 옷이 살갗에 달라붙어서 간호사들이 옷을 떼어 내느라 애를 먹었지. 겨우 옷을 떼어 내긴 했는데, 피부에 상처가 잔뜩 생겼어. 그래서 온몸에 붕대를 감아야 했지. 그의 몸에서 나는 역겨운 냄새는 아무리 씻어도 없어지지 않았어. 그 사람이 입원한 병동 전체에 악취가 풍길 정도였지. 그래서 난 며칠 동안 코를 빨래집게로 집고서 병원을 돌아다녔어. 그렇지만 그 환자가 참 안됐다는 생각이 들더라. 불쌍해. 콧물을 질질 흘리며 온몸에 붕대를 감고 병원 복도를 걷는 그의 눈빛에는 당황한 기색이 역력했어. 하늘색 환자복 윗도리가 무릎까지 내려올 정도로 컸지. 난 그 사람처럼 될 생각은 없어. 이상하고, 역겹고, 불쌍하게 보이는 데다 악취까지 풍기다니…….

난 외모에 신경 안 쓰는 사람을 더 좋아하지만, 그 사람은 아니야.

정말 그 사람처럼 보이고 싶은 생각은 추호도 없어.

그는 말 그대로 추해. 추해도 존재감이 있다면 괜찮은데, 그는 이도 저도 아니야. 악취를 풍기며 병원 복도를 힘없이 걷고 있는 그를 보면 꿈을 잃어버린 생명 같아.

아니야. 정말 그런 사람은 안 되고 싶어.

그래서 엄마를 따라가 쇼핑했던 거야. 그 사람이 떠올라서 말이지. 그 사람의 이름은 '비외른'이야. 턱수염이 이마에 닿을 만큼 자라서 곰처럼 보이는 사람이란다.

외로운 곰.

엄마는 내 팔을 잡고 걸었어. 엄마에게서 샤넬 향수 향기가 났지. 엄마는 진주 귀걸이를 하고, 목에 얇은 크림색 스카프를 둘렀어. 그리고 커다란 흰색 외투를 걸쳤는데, 감촉이 정말 정말 부드러웠어.

우리는 보그스타 거리로 내려갔어. 기분이 나쁘지 않았어. 햇살은 따스했고, 거리에는 달팽이처럼 느릿느릿 움직이는 차들이 가득했지. 엄마는 어느 가게에 갈 건지 미리 계획해 두었던 것 같아. 숫자 얘기를 하면서 당당하게 걷는 모습이 꽤 보기 좋았어.

숫자! 그래, 그 많고 많은 것들 중에서 하필이면 숫자 이야기를 하더라니까. 옷값이 아니라 숫자 말이야.

엄마가 단호하게 말했어.

"마음을 정했어. 수학을 공부하기로 말이야."

난 되묻지 않을 수 없었어.

"왜요?"

"왜냐하면 난 계산을 잘하니까……. 항상 그랬어. 난 네가 생각하는 것보다 똑똑한 사람이란다."

우리는 가게를 둘러보면서 그런 얘기를 나누었어. 난 원피스와 바지, 스웨터와 외투 들을 이것저것 입어 보았지. 물론 옷값은 엄마가 냈어. 진짜 감사한 마음이 들었지. 왜냐하면 엄마가 노력하는 모습을 볼 수 있었으니까. 숫자 얘기를 하고, 나를 보는 눈에 미소를 담고 있었으니까.

집에 돌아와서 사 간 옷들을 침대 위에 늘어놓고 차근차근 살펴보았어. 옷에 얼굴을 묻고 미소를 지어 보기도 했어. 물론 미소를 되돌려 받지는 못했지. 나는 원피스에 머리부터 집어넣었어.

보라색과 분홍색, 그리고 연두색이 조금 섞인 무릎까지 내려오는 원피스였어. 실크에다 허리 부분에 자수까지 놓여 있었지. 'Kenzo'라고. 원피스를 입고 거울을 보며 머리를 뒤로 묶어 보기도 했어.

다른 사람이 된 것 같았어. 낯선 사람. 난 거울 속의 나에게 손을 내밀어 악수를 청했어. 그런데 갑자기 구토가 치밀더라. 그래서 얼른 원피스를 벗어 버리고 침대에 드러누웠지. 눈물이 났어. 무엇 때문인지는 나도 모르겠어. 네가 했던 것처럼 원피스를 가위로 싹둑싹둑 잘라 버릴까도 생각했어. 그러면 나한테 더 잘 어울릴지도 몰라.

화장실에 가야 해. 조금 이따 다시 편지를 이어 쓸 생각이야. 요한네, 아직은 죽으면 안 돼. 할 말이 아직 많이 남아 있단 말이야. 항상 너를 생각하고 있어. 미소 짓는 걸 멈추지 않길 바라.

편지 65

어제 엄마랑 레스토랑에 갔어. 엄마는 꽃게 샐러드를 먹으면서 킴에 대한 불평을 쉴 새 없이 늘어놓았어. 색 바랜 청바지에 회색 티셔츠를 입고 꽁지머리를 한 엄마는 마스카라만 조금 했을 뿐, 화장이라곤 전혀 안 한 얼굴이었지. 그 화장기 없는 얼굴이 참 예뻐 보였어. 비록 외모에 대한 엄마의 자신감은 깨알처럼 작지만 말이야. 엄마가 나를 데리고 레스토랑에 간 건 킴과 헤어졌기 때문이야. 킴에게 새 여자가 생긴 모양이었어. 그것도 아주 젊고 예쁜 여자…….

"하지만 입술이 종잇장처럼 얇기만 한 여자더군."

엄마는 샐러드를 먹으며 입을 삐죽거렸어. 난 말없이 고개만 끄덕거렸단다.

솔직히 말해서, 난 더 이상 킴의 얼굴을 안 봐도 돼서 얼마나 좋은지 몰라.

엄마는 새 애인을 찾아야 한다고 말했어. 인터넷에서 찾아보면 어떻겠냐면서. 엄마는 물에 빠진 사람처럼 절망적으로 보였어. 난 엄마에게 가끔은 혼자 지내는 것도 좋을 거라고 말했지.

"아니야, 그건 아니야. 다른 사람은 몰라도, 난 아니야. 난 누군가 옆에 있어야만 한단다."

그 말을 들으니 왠지 슬퍼졌어.

난 엄마에게 스스로에게서 벗어나기 위해 노력해 보라고 말했어(이건 밀레 씨가 내게 해 준 말이기도 해). 하지만 엄마는 내 말에 귀 기울이지 않았지.

난 레스토랑을 나오며 엄마를 힘껏 끌어안았어. 그냥 그러고 싶었어. 그러자 엄마의 눈시울이 촉촉하게 젖어 들었어. 난 그게 뭔지 알 것 같았어. 그건 바로 또 하나의 외로움이었어.

그 후에 우리는 극장에 가서 함께 영화를 봤어. 프랑스 영화였는데, 한 소녀와 한 소년, 그리고 한 여인과 하늘을 떠도는 빨간 풍선에 대한 이야기였어. 감수성이 풍부한 아주 예쁜 영화였지. 엄마는 그런 얘기는 별로지만, 그 영화만큼은 마음에 든다고 했어.

엄마가 내게 물었어.

"영화가 마음에 들었니?"

"그저 그랬어요."

"왜?"

"움직임에 대한 영화였기 때문이에요."

내 대답이 꽤 지적인 동시에 바보처럼 들릴 수도 있겠다 싶었지. 엄마는 어깨를 으쓱하며 미소를 지었어.

"엄마, 정말 수학 공부를 시작할 건가요?"

그러자 엄마의 얼굴에서 미소가 사라졌어.

"응."

엄마는 아주 심각한 얼굴로 대답했어.

"그래, 그럴 것 같아."

너와 나의 삶은 이제 서로 다른 방향으로 가고 있어. 넌 자리에 누워 죽음을 기다리고 있고, 난 살기 위해 노력하고 있지. 둘 중 어느 것도 쉽지는 않아. 하지만 노력하다 보면 길이 열리겠지.

요즘은 네 생각이 머리를 떠나지 않아. 신에게 네가 회복될 수 있도록 도와 달라고 기도도 하고 있어.

비록 불치병 때문에 살이 쏙쏙 빠지고 양 볼이 깊숙하게 파였다 해도 넌 아름다울 거야.

넌 이제 점점 투명해지고 있는 거야.

죽음이 너를 투명하게 만들고 있어. 영혼이 밖으로 빠져나올 수 있도록 말이야. 네 피부는 점점 얇아질 거고, 네 몸은 영혼의 빛을 머금은 램프가 되겠지.

내가 너를 진심으로 생각하고 있다는 걸 어떻게 설명할 수 있을까? 네가 얼마나 고통받고 있는지 알고 있다고 말하면 될까? 하지만 그건 사실이 아닌걸……. 그건 정말 어려워. 시들어 가는 네 몸을 생각하면 할수록 숨이 막혀. 천천히 녹아서 결국은 사라져 버릴 거라고 생각하니 말이야. 이기적으로 나만 생각하고, 쉴 새 없이 이런저런 빈말을 쏟아내는 이전의 내 모습으로 사는 게 어쩌면 더 편할 것도 같아. 미안해. 노력할게…….

편지 67

결국 세상을 떠났구나. 어제 신문에 난 기사를 읽었어. 너와 너의 삶. 네 친구들이 말하는 너의 모습. 너의 아버지.

난 아직 죽지 않았어. 너와 한 약속을 지킬 생각이야.

네가 죽었다고 생각하니 가슴이 찢어지는 것 같아. 네가 그리워.

우리가 한 번도 만나지 않았다는 게 마음에 걸려. 한편으로는 참 바보 같다는 생각도 들고. 얼굴을 마주 보고 대화를 나눌 걸 그랬어. 난 너한테 배운 게 참 많아. 나 자신과 삶, 그리고 죽음에 대해서 말이야.

이 세상에 흑과 백 말고도 회색이 존재한다는 사실. 빨간색과 분홍색, 푸른색과 보라색, 노란색과 녹색도 존재한다는 사실.

눈을 뜨고 주변을 둘러봐야 한다는 사실.

예전에는 그냥 죽고만 싶었어. 흙이 되고, 바람이 되고, 먼지가 되고 싶었지.

내가 없어져도 나를 그리워할 사람이 없을 것 같다는 생각 때문이었어.

하지만 지금은 잘 모르겠어. 내 생각이 틀렸는지도 몰라.

아마 난 계속 살 거야.

적어도 살기 위해 노력해 볼 거야. 삶을 모두 경험하지도 못하고 지금 죽어 버리면 너무 허무할 것 같지 않니?

(주는 선물을 손사래 치며 사양하기 전에 포장은 뜯어 봐야 하지 않겠니?)

그래, 계속 살 거야.

살아 보기로 결심했어.

자전거를 타 봐야겠어.

네가 그리워.

편지 68

요한네, 넌 이미 세상을 떠나고 없지만, 난 계속 네게 편지를 써.

비록 네 몸은 사라졌어도 네 영혼은 내 가슴에 남아 있어.

요즘은 예전보다 기분이 한결 좋아.

밀레 씨도 내가 예전보다 나아 보인다고 했어. 하지만 여전히 조심하라는 말도 덧붙이더라.

"실제보다 더 건강하다는 착각 속에 빠지는 건 아주 쉬운 일이야."라면서.

왠지 모르게 난 그녀가 점점 싫어져.

"모든 일에는 시간이 필요하지. 기적을 바라면 안 돼. 기적은 없어."

나는 그 말이 틀린 말이 아니라는 걸 알기 때문에 그녀를 무조건 싫어할 수도 없어. 참 이상하지?

밀레 씨는 자신의 말에 일종의 진실이 존재한다고 믿어. 난 그 점을 좋아해. 그녀는 내게 답을 주고, 나를 도와줄 수 있다고 생각하지. 어떤 면에서 보면 그건 밀레 씨의 매력이기도 해. 밝음과 아름다움. 타인을 마주했을 때 자신의 지성과 감성으로 그들을 충분히 감싸 안을 수 있다는 자신감. 벽에 거는 그림처럼 뚜렷하게 진실을 직시할 수 있는 사람들. 또 그것을 이해할 수 있는 사람들.

편지 69

넌 내가 미래를 계획할 수 있도록 마지막 가는 길에도 편지를 써 주었구나. 그래, 네 말이 맞아.

전진하려면 계획을 세워야 해.

난 지금까지 너무나 오랫동안 단 하나의 목표만 가지고 살아왔어. 죽겠다는 것. 하지만 이제는 다른 목표를 세워야 할 것 같아. 좀 더 긍정적인 계획을 세워야 해. 그건 내가 예전보다 더 긍정적인 사람이 되기 위해서가 아니라, 내가 무얼 할 수 있는지 그 가능성에 좀 더 집중하기 위해서야. 내가 할 수 없는 것들과 부정적이고 어두운 생각에 빠져 있는 것보다는 그게 더 나을 것 같아. 세상 속에서 남들과 어울리며 살아가기 위해 노력도 해 볼 거야. 내 또래 아이들이 하는 일들도 해 볼 작정이고. 그들이 존재의 진실을 알고 있어서가 아니라, 그렇게 하면 더 쉽게 살 수 있을 것 같아서 그래. 화도 자주 안 내려고 노력할 거야.

네게 편지를 쓴 지 꽤 오래되었구나. 그간 미래를 생각하고 목표를 세우느라 그랬어. 지난날 헛되이 보냈던 시간이 아깝다는 생각도 들었단다.

(지금 나 자신이 꽤 자랑스러워!)

밀레 씨와 더 이상 상담하지 않기로 마음먹었어. 비록 그녀는 이런 내 의견에 극구 반대하지만 말이야.

어쩌면 밀레 씨가 나한테 중독된 게 아닌가 싶어.

하지만 이제 더는 그녀가 필요치 않아.

페더 씨도 내 의견에 동의했어. 그는 내가 원하는 걸 하라고 말했어. 만약 밀레 씨를 더 만나고 싶지 않으면 얼마든지 그렇게 하래. 그건 잘못된 일이라고 할 수 없으니까.

(밀레 씨는 페더 씨를 입만 살아 움직이는 사람이라고 했어. 하지만 난 페더 씨가 옳다는 걸 알아.)

다음에 적을 것들이 지금 내 삶을 간추려 놓은 요점이야.

1. 나 독립할 거야.

작은 학생용 아파트를 얻어서 내 그림 도구와 잡다한 것들을 옮길 생각이야. 영화 필름과 기타도 같이…….

정상적인 10대 후반의 소녀를 상징하는 물건들 말고는 모두 처분할 생각이야.

2. 새 자전거를 샀어. 변속기가 달린 경주용 자전거지. 매일 자전거를 타고 있어. 수십 킬로미터씩 숨이 찰 때까지 땀을 뻘뻘 흘리면서 말이야. 나쁘지 않은 것 같아. 아니, 오히려 꽤 기분이 좋았어. 페달을 밟는다는 것. 속력을 낼 수 있다는 것. 주변의 풍경이 등 뒤에서 하나의 점으로 변하고, 마침내 보이지 않을 때까지 앞으로 나아갈 수 있다는 것.

세상을 단순하게 보기 시작했어. 길을 따라간다는 것. 하나의 길. 생각하지 않고, 이해하려고 애쓰지도 않아. 그저 페달을 밟을 뿐이지.

3. 애인도 생겼어. 우리는 자전거 가게에서 만났단다. 그는 헬멧을 사려던 참이었는데 우연히 대화를 나누게 되었지. 자전거를 사는 데 많은 조언을 얻을 수 있었어. 가게에서 나온 뒤, 우리는 프로그네르 공원을 함께 산책했어. 벤치에 앉아 놀이터에서 놀고 있는 아이들과 그들을 따라다니며 소리치는 부모들을 바라보기도 했어.

프레드릭은 엄마의 애인들과는 많이 달라. 그는 착하고, 인내심이 많고, 아무 문제가 없는 사람이야. 직업은 컴퓨터 프로그래머고, 나보다 여덟 살이 많아. 그의 어머니는 교사, 아버지는 피아니스트, 그리고 누나는 의사래.

난 프레드릭과 함께 있으면 항상 기분이 좋아. 마음이 밝아져. 참 이상하지? 정말 이상해. 항상 우울하기만 하던 나였는데……. 이제는 우울해할 기회조차 사라진 것 같아.

4. 엄마도 새 생활을 시작했어. 피부 관리사를 그만두고, 대학에서 수학 공부를 다시 시작했지.

공책과 노트북, 숫자가 가득한 책들과 도시락을 배낭에 넣고 매일 학교에 가.

애인이 없어도 기분이 좋대.

하루는 엄마가 갑작스럽게 이런 말을 했어.

"정말 오랜만에 나답게 사는 것 같아."

"난 나로부터 도피하는 데 성공했어. 다른 일을 한다는 건 불가능할 줄만 알았는데, 그게 아니었어. 내게는 번듯한 외모뿐인 줄 알았는데, 그게 아니었어."

사람이 변하는 건 정말 시간문제인가 봐.

엄마는 내가 변했대. 예전보다 침착하고 밝아 보인다고 하더라. 나도 그렇게 생각해. 그래, 나도 변했어. 하지만 변화는 그냥 찾아오는 게 아니라는 생각이 들어. 나를 변화시킨 건 너란다. 너의 삶과 죽음.

너는 내게 감사하며 사는 법을 가르쳐 주었어.

편지 70

늦은 밤 네게 편지를 쓰고 있어. 정말 오랜만에 펜을 잡았어(요즘 즐거울 때는 편지 쓸 시간이 없고, 우울할 때는 편지 쓸 힘이 없어).

그간 많은 일이 있었어. 시간도 꽤 흘렀고.

외로워.

나도 인간일 뿐이야. 아주 평범한 사람일 뿐이라고.

난 몸을 씻는 걸 좋아하고, 양치질도 좋아한다고 하루에도 몇 번씩 혼잣말로 중얼거려. 하지만 문제는 그게 아니야. 문제는 전혀 다른 데 있어. 문제는 바로 피부 세포를 하나도 빠짐없이 보디로션으로 덮어 문지를 때, 귓등에 향수를 뿌릴 때, 또는 머리를 빗을 때 생겨. 하이힐을 신고 또각또각 소리 내며 걸을 때, 커다랗고 이상한 핸드백을 흔들며 걸을 때, 너무도 자연스럽고 당연하게 입맞춤을 받을 때, 거울 속의 내가 마치 낯선 사람처럼 보일 때 생기지. 미소는 내 것이 아닌 것만 같고, 눈빛을 보면 혼란스럽기만 해.

그건 무언가 잘못되고 있다는 표시야. 자갈밭에 넘어져

코를 깨고 아파서 눈물을 흘려도 아무도 나를 돌아봐 주지 않을 때. 그럴 때면 누군가 와서 내 등을 토닥이며 위로해 줄 때까지 죽어라 눈물을 흘리지.

아직은 때가 아니야. 아직은 죽으면 안 돼. 아직은 사라지지 않기 위해 발버둥 쳐야 한다고.

살아야 해.

아직 끝나지 않았어.

너의 이야기, 남들의 이야기, 프레드릭, 엄마……. 사람들은 쉴 새 없이 내게 이야기해. 아니, 그건 내가 내게 하는 이야기이기도 하지. 넘어졌을 때, 아팠을 때의 이야기들.

"넌 이제 혼자가 아니야."

거울 속의 나는 그렇게 말해.

하지만 난 발길을 돌려 버려. 뒤도 안 돌아보고 도망쳐. 삶은 화롯불 같다고 생각하지.

불꽃.

그 불꽃은 이제 더 이상 피어오르지 않아.

언제 갑자기 뒷걸음질치기 시작했는지는 잘 모르겠어. 아마 지난 토요일이었을 거야. 따스한 햇살. 꽤 더웠던 걸로 기억해. 소매 없는 복숭아빛 티셔츠를 입고 몸에 꽉 끼는 청반바지를 입고 있었어. 프레드릭과 난 엄마 집 거실에 있는 하얀 소파에 누워 함께 책을 읽었지.

프레드릭이 미소를 지으며 말했어.

"우리 같이 살면 안 될까?"

난 그 말을 듣는 순간 온몸이 떨렸어.

대답은 하지 않았어. 대신 책을 바닥에 내려놓고 그의 가슴에 얼굴을 묻었어.

프레드릭이 나직하고 차분한 목소리로 말했어.

"학교에서 공부를 다시 시작하는 게 어떻겠니?"

아무것도 아닌 것처럼, 너무도 천천히, 그리고 조용하게 말해서 하품이 나올 지경이었지.

난 한참 후에 나직이 대답했어.

"응."

눈을 덮은 앞머리를 쓸어 올렸지.

그가 다시 물었어.

"못 들었어?"

난 좀 더 크게 대답했어.

"그래, 공부를 다시 시작하는 것도 좋을 것 같아."

"공부를 마치면 네가 원하는 대로 배우가 돼 봐. 그게 정말 네가 원하는 거라면 말이야. 대학 연극 영화과에 진학하면 되잖아. 영화 제작자가 될 수도 있을 거고……. 졸업하면 할 일은 많아. 하지만 스타가 되겠다는 생각은 안 하는 게 좋을 거야. 극소수의 사람만이 스타로 성장할 수 있으니까."

물론 프레드릭은 내 기분을 상하게 할 의도가 전혀 아니었어. 그는 사실을 있는 그대로 말했을 뿐이야.

"함께 계획을 세워 보자."

그는 너무도 쉽게 말했어.

"너와 나. 함께 머리를 맞대고 계획을 세우는 거야. 우리는 할 수 있어."

난 기어드는 소리로 대꾸했지.

"하지만 그게 정말 가능할까? 내가 어떤 애인지 잘 알면서……."

난 바닥으로 내려가 다시 드러누워 천장만 뚫어지게 바라보았어.

"넌 이제 겨우 삶의 한 단계를 지나왔을 뿐이야. 앞으로 더 나아가야 하지 않겠니? 여기서 멈출 수는 없잖아. 누구나 사춘기 시절에는 엉뚱한 일에 매력을 느끼기 마련이야. 지금 와서 후회할 필요는 없어."

프레드릭은 미소를 지으며 자리에서 일어나 내 곁으로 다가왔어. 그리고 바닥에 앉아 내 머리를 쓰다듬었지.

난 그 손을 뿌리쳤어.

갑자기 화가 났어.

"아니야!"

난 자리에서 일어나 창가로 달려갔지. 거기에서 한참을 서 있었어. 창밖의 나무들을 째려보면서.

기다란 나뭇가지에 빽빽하게 돋은 조그만 초록 나뭇잎들을…….

베티나 씨께

신문에 난 당신의 인터뷰 기사를 보는 순간, 저는 당신이 누구인지 단번에 알 수 있었습니다. 당신은 제니 씨의 어머니죠?

당신은 제가 생각했던 사람과는 조금 달랐답니다.

당신은 따님이 세상을 떠난 충격에서 영원히 벗어날 수 없을 것 같다고 말하셨습니다. 매일매일 따님을 그리워하며 살 거라고 하셨죠. 따님의 죽음에 책임을 느낀다고도 하셨습니다.

저는 따님을 잘 알지 못합니다. 하지만 제 어머니와 당신의 따님은 친구 사이였습니다. 그런데도 두 분은 단 한 번도 직접 만난 적이 없었답니다.

제가 세 살 때였습니다.

저는 제 어머니를 똑똑히 기억해 낼 수가 없습니다. 하지만 그 때문에 슬퍼하지는 않습니다. 과거에 집착하는 성격은 아니니까요.

제가 열세 살 때 할아버지는 두 분이 나누었던 편지들을 제게 건네주었습니다. 저는 할아버지와 함께 살고 있습니다. 할아버지는 그 편지들을 무려 10년 동안이나 간

직해 왔답니다. 당신의 따님은 세상을 떠나기 직전까지 제 어머니에게 편지를 보냈습니다.

저는 그 편지들을 모두 읽었습니다. 여러 번 읽지는 않았습니다. 죽음을 깊이 생각하고 싶지 않았기 때문입니다. 제게는 죽음이 조금도 흥미롭게 다가오지 않습니다. 이 세상에 태어나고, 삶을 살고, 또 세상을 떠나는 것……. 죽음은 인간사에서 피할 수 없는 일 중에 하나일 뿐이라 생각합니다.

저는 현재 열일곱 살입니다. 제 어머니와 당신의 따님인 제니 씨가 편지를 주고받았던 바로 그 나이입니다.

하지만 저는 그분들과는 다릅니다. 저는 바둑을 좋아하고, 태권도와 등산도 좋아합니다.

항상 무언가를 하며 시간을 보내기를 좋아한답니다.

원하신다면 두 분이 주고받았던 편지를 함께 보내겠습니다.

저를 만나시겠다면 언제든 연락 주십시오.

(전 평범하고 정상적인 소녀랍니다.)

베티나 씨, 죽음은 어쩔 수 없는 것이라 생각합니다.

사랑하는 사람이 세상을 떠나서 더는 만날 수 없다 해

도 우리가 할 수 있는 일은 없습니다.

그들이 일단은 살아 보려고 노력했다는 게 더 중요하고 의미 있는 일이라 생각합니다.

그것만으로도 충분히 아름다운 일이니까요. 우리는 곧 비바람에 지워질 줄 알면서도 가끔 흙 위에 나뭇가지로 글자를 씁니다. 제 어머니와 당신의 따님은 우리의 가슴속에 영원히 살아 있을 것입니다.

제 가슴속에는 희미하기는 하지만, 푸른 나뭇잎들이 살아 있답니다. 그리고 그 나뭇잎들은 절대 시들지 않을 것입니다.

요니네 드림.

| 작가의 말 |

아름다운 삶은 무엇일까?

가치 있는 삶을 산다는 건 어떤 것일까?

충분히 오래 살았다는 말을 하기 위해서는 100살까지 살아야 하는 걸까?

어떤 특정한 목표를 이루어야만 삶을 아름답다고 할 수 있는 걸까?

나는 지금, 2011년 7월 22일 '우퇴위아'라는 한 섬에서 무려 69명의 청소년을 사살한 한 남자의 재판 뉴스에 귀 기울이며 이 글을 쓰고 있다. 문득 그날 생을 마감해야만 했던 젊고 생기 있는 생명들을 생각해 본다. 너무도 일찍, 그리고 너무도 무자비한 방법으로 생을 마쳐야 했던 생명들, 그리고 그들의 인간적 가치를 그 무엇에 비할 수 있을까.

이 책에서 우리는 두 명의 소녀를 만날 수 있다. 한 명은 병으로 죽음을 기다리고, 다른 한 명은 사는 것이 고통스럽다 여기며 하루하루를 힘들게 영위해 간다.

나는 아름다운 삶이란 얼마나 오랫동안 살았는가, 얼마나 큰 부를 축적했는가, 또는 얼마나 크게 직업적으로 성공했는가에 달려 있다고 생각지 않는다.

나는 아름다운 삶이란 불완전하고 덧없기는 하지만, 순수하고 진실한 삶에서 각자 그 의미를 발견하는 것이라 생각한다.

인간의 삶에는 소소한 요소들이 셀 수 없이 많이 자리하고 있다. 미묘한 색감의 차이, 그리고 우리의 움직임. 동경과 불확실함. 고통과 미소.

나에게 있어서 제니와 요한네의 삶은 충분히 아름답게 다가온다.

2012년 4월, 오슬로에서

한국의 독자들에게 **쉰네 순 뢰에스**

| 옮긴이의 말 |

우울증에 걸려 끊임없이 자살을 시도하는 소녀와 병에 걸려 시한부 삶을 사는 소녀가 편지를 주고받는다. 둘은 어떤 이야기를 나누게 될까?

《충분히 아름다운 너에게》는 그런 극적인 설정을 바탕으로 시작되며, 삶을 동경하는 소녀 요한네와 죽음을 동경하는 소녀 제니가 쓴 편지로 이루어져 있다. 각 편지에는 번호가 매겨져 있고, 시한부 선고를 받고 죽음을 기다리는 열일곱 살 소녀 요한네의 편지가 먼저 등장한다. 요한네의 편지를 다 읽고 나면 우울증에 걸려 자살을 시도하는 제니의 편지가 이어지는데, 제니의 편지를 읽다 보면 앞서 요한네가 편지에서 왜 그런 말을 했는지 고개를 끄덕이게 된다. 보기 드문 특별한 구성이 아닐 수 없다.

제니와 요한네는 70여 통에 가까운 편지를 주고받으며 서로의 상반된 일상과 생각을 이야기하고, 절대 이해할 수 없을 것만 같던 '삶과 죽음'을 조금씩 알아 간다. 요한네는 제니가 다시 자살을 시도하지 않도록 하루하루 끌어 주는 역할을 하고,

제니는 요한네의 편지에 힘입어 어둡기만 하던 삶 속에서 살아 볼 만한 작은 가치들을 발견하기 시작한다.

상반되는 성격과 인생관을 가진 두 소녀가 쓴 편지인 만큼, 하나의 작품 안에서 두 소녀의 개성을 표현하기가 쉽지 않은 일임에도, 작가는 편지를 통해 두 소녀의 목소리를 생생하게 담아냈다. 요한네의 편지는 시적이고, 사색적이며, 어른스러운 데 반해, 제니의 편지에서는 통통 튀는 10대 소녀의 발랄함과 종잡을 수 없는 감정이 거침없이 드러난다. 10대 소녀의 목소리로 삶과 죽음이라는 가볍지 않은 주제를 깊이 있게 담아낸 작가의 역량이 놀라울 따름이다. 또한 군데군데 되새겨 볼 만한 철학적 내용이 일상의 언어로 표현되어 있어서, 책을 읽을 때 절대 연필을 들지 않는 나도 이 작품을 옮기면서는 밑줄을 그어 가며 읽었다.

《충분히 아름다운 너에게》는 삶과 죽음에 대한 의미를 비중 있고 깊이 있게 담은 작품이지만, 어느 하나가 옳다, 그르다를 논하지는 않는다. 삶에는 논리와 비논리가 공존하고 있고, 서

글픈 모순까지도 감싸 안고 살아가야 하는 것이 삶이기에, 한 개인의 삶을 일방적인 잣대로 판단해서는 안 된다고 말한다. 특히 요한네의 편지 덕분에 새롭게 살아갈 의지를 다지던 제니가 우울증이 재발하고, 자살하는 결말은 독자에게 적지 않은 충격을 준다. 이는 독자로 하여금 다시 처음부터 두 소녀의 삶을 곱씹어 보게 만든다. 하지만 작가가 선택한 제니의 죽음이 자살을 긍정하는 것이라고 볼 수는 없다. 작가는 현대 사회에서 심각한 문제가 되고 있는 우울증과 자살을 결코 경박하게 다루지 않는다.

작가는 선악의 판단을 배제한 채 자살을 인간사에서 일어나는 병, 또는 사건의 한 부분으로 묘사하려 애썼고, 작품 마지막에 덧붙여진 '요니네'의 편지를 통해 살았느냐 죽었느냐는 결말이 아니라, '살아 보려고 노력하는' 과정에 더 중요한 의미를 부여하고 있다. 그것만으로도 '충분히 아름다운 일'이라는 찬사와 함께.

독자들은 요한네와 제니, 두 소녀의 편지를 통해 존재의 가

치란 사는 날의 길고 짧음으로 따지는 것이 아니라, 개개인에게 허락된 시간을 얼마나 충만하게 보내느냐에 달려 있다는 것을 느끼게 될 것이다.

손화수

시공 청소년 문학 | 중·고등학생 이상 권장 도서

4 세상 끝 외딴 섬 유대인 자매 이야기 1부 아니카 토어 지음 | 임정희 옮김 | 356쪽 | 8,500원
독일 아동청소년 문학상 수상 · 어린이문화진흥회 선정 도서 · 밀드레드 L. 배철더 상 수상

8 빛은 어떤 맛이 나는지 프리드리히 아니 지음 | 이유림 옮김 | 300쪽 | 8,500원 | 아침독서운동 추천 도서

11 함메르페스트로 가는 길 마르야레나 렘브케 지음 | 김영진 옮김 | 204쪽 | 7,500원
한국간행물윤리위원회 청소년 권장 도서 · 아침독서운동 추천 도서 · 어린이도서연구회 권장 도서

13 차가운 물 요아힘 프리드리히 지음 | 김영진 옮김 | 448쪽 | 9,500원

14 검정새 연못의 마녀 엘리자베스 조지 스피어 지음 | 이주희 옮김 | 348쪽 | 8,500원
뉴베리 상 수상 · 어린이도서연구회 권장 도서

16 푸른 눈의 인디언 전사 타탕카 버질 포츠 지음 | 임정희 옮김 | 536쪽 | 10,000원
부산시교육청 청소년 독서능력 경진대회 선정 도서

17 한 광대가 자란다 요나스 가르델 지음 | 임정희 옮김 | 372쪽 | 9,000원 | 어린이문화진흥회 선정 도서

19 황금나무 박윤규 지음 | 116쪽 | 7,000원

22 킬리만자로에서, 안녕 이옥수 지음 | 232쪽 | 8,000원
어린이문화진흥회 선정 도서 · 대한출판문화협회 선정 도서 · 아침독서운동 추천 도서

26 열일곱 살 아빠 마거릿 비처드 지음 | 햇살과나무꾼 옮김 | 256쪽 | 8,000원
어린이문화진흥회 선정 도서 · 아침독서운동 추천 도서 · 어린이도서연구회 권장 도서 · 국립어린이청소년도서관 추천 도서
ALA 청소년을 위한 최고의 책 · 스쿨 라이브러리 저널 올해 최고의 책 · 전국학교도서관담당교사모임 추천 도서

27 키스 재클린 윌슨 지음 | 닉 샤랫 그림 | 이주희 옮김 | 440쪽 | 10,500원 | 학교도서관저널 추천 도서

28 발차기 이상권 지음 | 172쪽 | 8,000원
책따세 추천 도서 · 국립어린이청소년도서관 선정 도서 · 문화체육관광부 선정 우수교양도서 · 학교도서관저널 추천 도서

31 구라짱 이명랑 지음 | 280쪽 | 9,000원
전국학교도서관담당교사모임 추천 도서 · 학교도서관저널 추천 도서 · 어린이도서연구회 권장 도서

32 정상에 오르기 3미터 전 롤랜드 스미스 지음 | 김민석 옮김 | 384쪽 | 9,000원
미국도서관협회 선정 최우수 청소년 도서 · 학교도서관저널 추천 도서 · 어린이도서연구회 권장 도서 · 북리스트 편집자 상 수상

36 마루 밑 캐티 아펠트 지음 | 데이비드 스몰 그림 | 박수현 옮김 | 396쪽 | 9,500원
뉴베리 아너 상 수상 · 전미 도서상 최종 후보작 · 미국도서관협회 선정 '주목할 만한 책' · 북리스트 선정 '청소년을 위한 책'
대한출판문화협회 선정 도서

38 폴리스맨, 학교로 출동! 이명랑 지음 | 256쪽 | 9,000원
《무비위크》 선정 '충무로가 탐내는 책' · 2011 한국도서관협회 우수문학도서 · 한우리 권장 도서 · 리딩오션 선정 도서

42 차마 말할 수 없는 이야기 카롤린 필립스 지음 | 김영진 옮김 | 216쪽 | 8,500원 | 2011 오스트리아 아동청소년도서상 수상

43 재회 시게마쓰 기요시 지음 | 김미영 옮김 | 424쪽 | 9,500원 | 나오키 상 수상 작가 · 어린이문화진흥회 선정 도서

44 독수리 군기를 찾아 로즈마리 서트클리프 지음 | 김민석 옮김 | 440쪽 | 10,000원 | 아침햇살 추천 도서

45 라디오에서 토끼가 뛰어나오다 남상순 지음 | 168쪽 | 8,500원 | 2011 경기문화재단 우수예술프로젝트 선정 사업 수혜작
평화방송 추천 도서 · 고래가숨쉬는도서관 추천 도서 · 한국도서관협회 우수문학도서 · 리딩오션 선정 도서

46 이름을 훔치는 페퍼 루 제럴딘 머코크런 지음 | 조동섭 옮김 | 344쪽 | 9,500원
2011 카네기 상 후보작 · 한국간행물윤리위원회 청소년 권장 도서

47 달의 노래 호다카 아키라 지음 | 김미영 옮김 | 224쪽 | 9,000원 | '포플라사 소설 대상' 우수상 수상

50 개님전(傳) 박상률 지음 | 176쪽 | 9,000원

*시공 청소년 문학은 계속 출간됩니다.